倭寇

わが天地は外海にあり

高橋直樹

潮文庫

目次

装幀　重原隆
装画　古部光敬

主な登場人物

アギ・バートル　千鶴（幼名）。熊野源氏の御曹司。のちに異国から倭寇を率いる「少年勇者」として恐れられる。

カラス　熊野の舟指。類まれな操船技術をもつ。

クマ　高利貸しを行う。レケオ（琉球人）との折衝役を務める。

子ガラス　元寇時に志賀島へ下向した熊野衆の末裔。カラスを慕う。

小松法印　熊野別当。熊野衆の九州下向を画策する。

鈴木刑部　九州で征西府を取り仕切った旧熊野衆の老将。

奈留久　松浦党。五島列島を根城に、大型船や外航技術をもつ。

陳彦祥　レケオ。琉球国内での利権獲得や金儲けを企て、熊野衆に接近する。

細川頼之　幕府の管領。幼将・足利義満に代わり政務を取り仕切る。

今川了俊　侍所別当。九州探題に赴任するや、南朝から大宰府を奪取する。

李成桂　高麗の武将。倭寇軍を迎え撃つ。

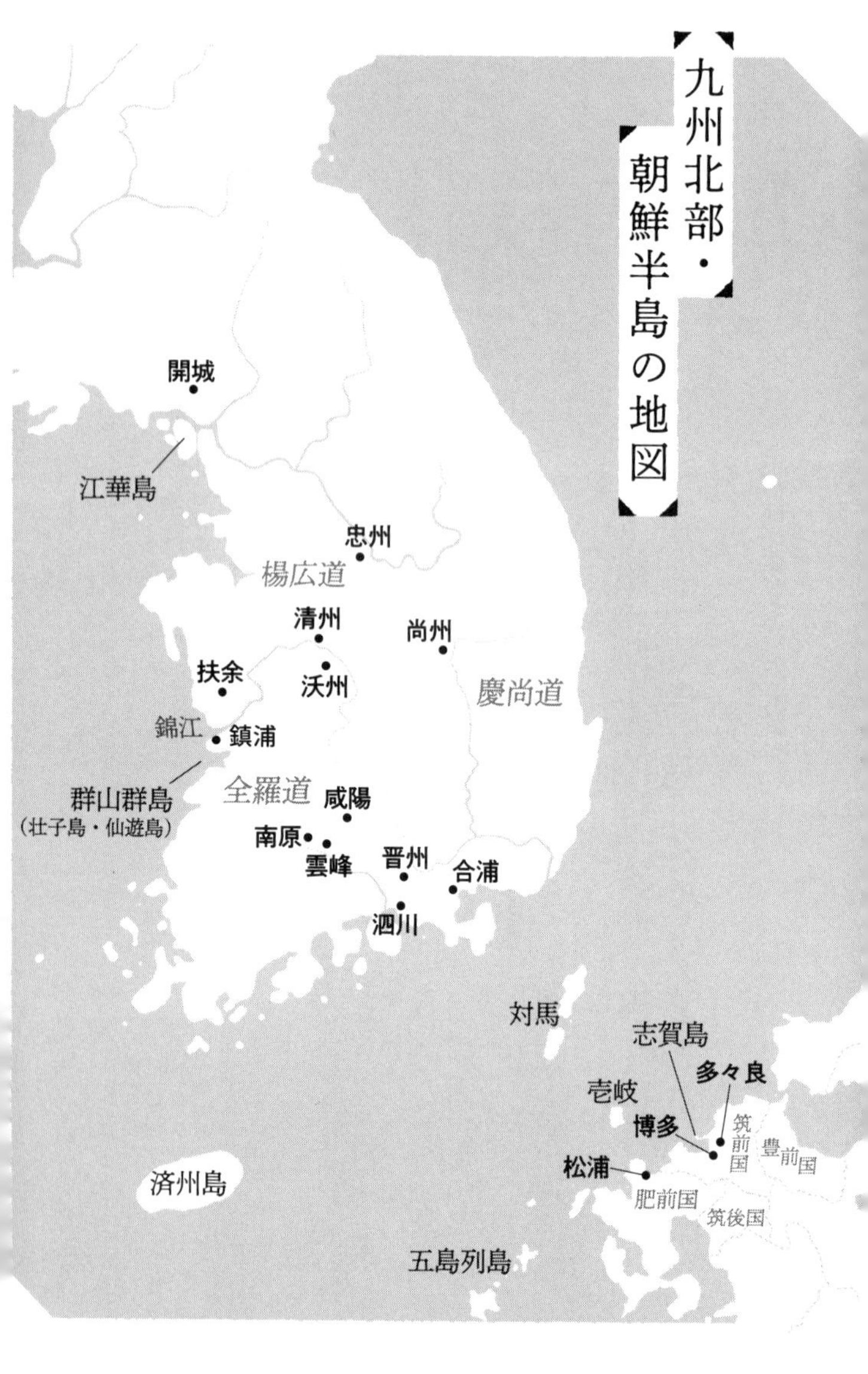
九州北部・朝鮮半島の地図
開城
江華島
忠州
楊広道
清州
尚州
扶余
沃州
慶尚道
錦江
鎮浦
群山群島
（壮子島・仙遊島）
全羅道
咸陽
南原
雲峰
晋州
合浦
泗川
対馬
志賀島
多々良
壱岐
博多
筑前国
豊前国
松浦
肥前国
筑後国
済州島
五島列島

倭寇　わが天地は外海にあり

第一章　熊野の残滓

一

アギ・バートルの実名は分からない。異国人が付けた渾名だけが、今に残されている。彼と命懸けで戦った敵国の異人たちは、彼をアギ・バートル（少年勇者）と戦いの舞台となった異国の言葉で呼んだ。

一三八〇年。庚申の年――日本は南北朝時代である。南朝ならば天授六年、北朝ならば康暦二年。また大明国では洪武十三年、この進攻の場となった朝鮮半島（高麗）ならば辛禑六年だ。

定まらぬ時代だった。

アギ・バートルに率いられた熊野衆の大船団が、高麗国全羅道の鎮浦に姿を現したのは、その一三八〇年の初秋のことである。

鎮浦に入る錦江は河口で群山湾となるが、その広々とした湾内で沸騰するような引潮が渦巻いている。轟音に満ちた異様な光景だったが、錦江河口を見慣れた者にとっては、根こそぎ沖合へ押し流す水の勢いまで含めて、いつものことだった。河口を守る高麗軍の兵士たちが、奔流のような引潮の光景を眺め、小さく欠伸をする。アギ・バートルに率いられた大船団が姿を現したのは、そんなときだった。

引潮に渦巻く錦江河口で、腹に響く大太鼓が鳴り渡る。

攻め太鼓だ。

河口を守る高麗軍の兵士たちが、いぶかしげに沖合の大船団を望む。

侵攻を繰り返す倭寇たちも、この引潮は知っているはずだ。此処に倭寇が侵攻してきたのも、一度や二度ではない。

何をするつもりだ、と見る間に、大船団から一艘の小舟が現れ、その激しい引潮に逆らって高麗軍の待ち構える河口の方に船首を向けた。

眼をこすって唖然とした高麗兵たちが、やがてその小舟を指さして嗤い始める。

——この錦江河口の引潮を知らんのか、此処の引潮に逆らったって沖合へ押し戻されるだけだぞ、ちゃんと引潮の刻限を調べてから攻めるアタマもないのか、倭奴め。

高麗軍の指揮官が、段々に備えた配下の軍船群に合図する。第一段の高麗軍船群が弧を描くように、その無謀な小舟を包囲しようとした。引潮に乗った高麗方は、引潮に逆らう小舟を簡単に捕捉できるはずだ。

遊弋(ゆうよく)する高麗軍船群が包囲の輪を縮めようとする。無謀に見えた先頭の小舟に照準を定めた。

小舟で「八幡大菩薩(はちまんだいぼさつ)」の旗がひるがえっている。小舟の先頭に毅然(きぜん)と立っているのは、のちに高麗人たちが畏怖(いふ)の念を籠めてアギ・バートルと渾名した少年武者だ。櫓(ろ)は色の黒い日本人が操っている。

「倭奴め」

小舟を包囲して矢を浴びせようとした高麗兵たちの表情が、面食らったように変わる。引潮に逆らった小舟が、押し流されるどころか、包囲の輪を縮めようとした高麗船の脇を、疾風のように擦り抜けていったのだ。

呆気に取られて船端にたたずんだ高麗兵たちだったが、すぐに何が起きたか悟って蒼ざめる。包囲の輪が破られたのだ。

慌てふためいた高麗兵たちが、第二段の軍船群に向かって注意の叫びを上げる。だが、引潮に逆らっているはずなのに、八幡大菩薩の小舟は、ますます船脚を速めると、第二段の軍船群の包囲をも容易く破っていった。

第三段も第四段も、包囲が間に合わない。

八幡大菩薩の小舟の漕ぎ手だ。黒い顔の日本人の全身が躍動して櫓が漕がれるたびに、小舟は群山湾の海面を、矢が切るように飛び去っていく。

高麗兵たちが、信じられぬ、と首を振る。

――この引潮に逆らって錦江河口を遡上(そじょう)できるとは。

だが高麗兵たちには、その黒い顔の日本人の神業(かみわざ)に感心している暇(ひま)はなかった。群山湾の沖合から、倭寇の第二船団が迫ってきていたのである。八幡大菩薩の小舟が開いた突破口から、次々と進入してきた。

倭寇船団の突破を防げなかった高麗軍の兵船が、これを追いかけるように、あたふたと退却していく。途中、沖合に碇泊(ていはく)するジャンク船らしき大船から、一度に小舟の群れが吐き出されるのを見た。雲霞(うんか)のように群山湾いっぱいに広がった倭寇の小舟は、浅い群山湾に打った杭(くい)に、一艘も船底を引っ掛けることなく、ミズスマシのように水面を自在に動き回る。

その様子を見て、退却の高麗兵たちは、残念そうに舌打ちしたが、やがて倭寇たちの小舟の動きが一様ではないのに気づいた。

八幡大菩薩の小舟に従った倭寇船団が、二手に分かれる。一手はそのまま錦江を遡(さかのぼ)っていき、いま一手は舟先を揃えて群山湾から上陸してくる。上陸してきた一隊が汀(なぎさ)で水飛沫(しぶき)を上げるや、騎馬隊に早変わりした。予想をはるかに上回る軍馬の数だ。小舟なのに一艘あたり二、三頭の軍馬を搭載していたらしい。

包囲に失敗した高麗兵たちが、沖合に碇泊した大型ジャンク船を睨む。多数の上陸艇に多数の軍馬を搭載していたのは、この大型ジャンクだ。標準装備なら数艘の上陸艇に十頭の搭載がいいところだが、いま見える大型ジャンクは、全体を改造して、上陸艇と軍馬の積載量を飛躍的に増やしたらしい。

錦江の守備に就いた高麗兵たちが何もできずに見守るなかで、湾内を遊弋する第三の小舟群は上陸してこず、待ち構える高麗兵に肩透かしを食わせるように、大型ジャンクの周りに集まり始めた。小舟群の各々がロープを投げ合って、互いに互いの舟を固定する。あれよあれよという間に、大型ジャンクを中心とした倭寇方の城が湾内に浮かんだ。

錦江の河口では、高麗軍の司令官が、頭を抱えている。倭寇たちの錦江突破を許したうえに、群山湾には倭寇の基地を築かれてしまった。この群山湾に浮かぶ城は、前進していった倭寇軍の後方支援（補給を含めた）に当たるだけでなく、付近の制海権をも得たことになる。

鎮浦（錦江河口）を守備する高麗軍の司令官が、頭を抱えるのも無理はない。鎮浦を突破していった主力部隊が、本格的な侵攻であるのは間違いなかった。倭寇たちの狙いは分からぬが、水陸両面から凄い数の舟と軍馬で乗り込んでいったのである。おまけにその倭寇軍を支援し、付近の海域を制する海上要塞まで築かれてしまった。開京（高麗国の首都）への年貢運送は、穀倉地帯である、この全羅道からの官漕に頼っているのだ。

倭寇軍の突破を許した高麗軍司令官は、責任を問われ死罪になっても不思議はない。高麗軍司令官が絶望の眼ざしを群山湾に出現した倭寇方の城に送っている頃、先頭を切った八幡大菩薩の小舟で、奔流のような引潮に逆らって櫓を漕いでみせた日本人が、陽に灼けた顔で八幡大菩薩の軍旗を握ったアギ・バートルをうかがう。

「御曹司」と呼びかけた。

その御曹司は、潮風にはためく八幡大菩薩の軍旗を見上げていた。軍旗に螺鈿の箱が結びつけてあり、これは源頼朝の治承の旗揚げの佳例に倣った形だ。軍旗に結びつけられた箱に納められているのは、伝来の家宝である。その御曹司の家に伝わるのは、熊野の出身らしく真正の真珠である。熊野に近い英虞湾は真珠で知られていたが、養殖技術がなかった当時、真正の真珠は奇跡的であり、源氏の血統を崇められるその御曹司の家宝にふさわしかった。

「御曹司」

いま一度、呼びかけた黒い顔の日本人が、櫓を漕ぐ手を休める。此処まで遡上すれば、奔流のような引潮は、緩やかな流れに変わる。御曹司と呼ばれたアギ・バートル――まだその渾名はない――が、軍旗に結び付けてあった箱を手元に下ろす。厳かな手つきで、その螺鈿の箱を開けば、中から真正の真珠が現れた。真珠から眼を上げたアギ・バートルが見据えたのは、行く手の虚空だった。

「カラス」と、アギ・バートルが、櫓を握った黒い顔に返す。

櫓を漕ぐ日本人も、やはり渾名しかない。アギ・バートルが本名を尋ねたところ、「忘れました」と答えてきた。カラスという渾名は、顔が陽に灼けているところからきているのだろうが、熊野らしく八咫烏にかけているのかもしれない。そのあたりを尋ねてみたところ、やはり「分かりません」と答えてきた。

そのカラスが、アギ・バートルに倣って行く手を望む。同じ虚空を望んでいても、二人の眼に何が映るかは、全然ちがうはずだ。

それでいい――と、カラスは思っている。そっと、アギ・バートルの横顔を仰ぐ。カラスと違って、アギ・バートルの横顔は白かった。

白い顔は高貴の証、という。アギ・バートルほど、白い顔が似合っている人を、カラスは見たことがなかった。

――おれとは違う。

顔色が黒いことからカラスと渾名された彼は、そう思っている。こうしてアギ・バートルに従って行く手を望んでいても、彼の脳裏に去来するのは、熊野の海で見た水平線だけだ。その先に何があるのか、カラスにはまるで分からなかった。

「行くぞ、カラス」

不意にアギ・バートルの声が聞こえ、カラスは背筋を正す。「はい」と返事したが、アギ・バートルはカラスに応える代わりに、螺鈿の箱から真珠を取り出し、これを手のひらで握り締めた。

二

アギ・バートルが熊野衆を率いて朝鮮半島に進攻したときから、十年ちかくときを遡る。

本宮（ほんぐう）と新宮（しんぐう）を結ぶ熊野川は参詣（さんけい）の中心路であるとともに、地元経済を支える大動脈でもあった。山々が重畳（ちょうじょう）と連なる熊野では、山岳宗教（修験道）が栄えたが、森林資源である材木や鉱物を運び出すとなると、やはり河川の便に頼ることになる。

熊野ならば熊野川であり、此処には「舟指（ふなさし）」と呼ばれる者たちが大勢いた。舟指は川筋の馬借車借であり、舟を使うか荷駄馬・荷車を使うかの違いはあっても、交易に従事している点で変わりはない。

いま新宮の船着場に、大勢の舟指が集まってきていた。

「エベッサーン」と、互いに挨拶を交し合う。野卑（やひ）な冗談も飛び交い、あたりが舟指たち特有の、粗暴な活気に包まれる。

騒々しい雰囲気だったのに、集った舟指の一人が、あの男が来るのを見つけてしまった。シッ、と仲間に合図する。合図された舟指たちも、気づかぬふりをしながら、用心深く其方を確認する。

カラスだ。カラスがやって来ていた。

「エベッサーン」と、何事もないかのように、カラスとも挨拶を交し合う。カラスも挨拶を返してきた。だが決して互いに眼を合わそうとはしない。

舟指はたいてい五人一組で、舟を動かす。参詣客を乗せるときも森林資源を運ぶときもそうだ。だがカラスは違う。彼は一人で舟を動かす。熊野川を遡上するのが彼らの「売り」だったが、カラスの櫓さばきは凄まじく誰も彼についていけなかった。

むろん、それだけが理由ではない。舟指は株仲間のようなもので、舟指たちはたいてい父親も同じ舟指だった。

だがカラスは違う。彼はよそ者だった。そのせいでずいぶんいじめられたらしいが、いまカラスに手出しする度胸のある者はいない。

舟指の親方も、カラスのすることに口出ししようとはしなかった。カラスよりも優れた舟指はいないのだ。彼はどんな悪条件でも、熊野川を遡行しきってみせる腕の持ち主だった。

いまカラスと他の舟指たちは、互いに眼を合わさぬようにしながら、持ち舟の用意に取り掛かる。彼らが支度する船着場に、「ご苦労様で～す」と軽薄な声が聞こえてきた。

舫綱（もやいづな）を解いているカラスは、眼を上げようともしない。その声の主を知っていたが、これまで話したこともなかった。無視して舫綱を解き放ったとき、その声の主に話しかけられた。

「カラスとおっしゃる舟指殿はあなた様で？」

舟指に「殿」を付けた、その声の主の言いぐさに、カラスは苦虫を噛み潰す。じろっ、と振り返った先に、カラスと同じく色の黒い男がいた。

だがその男はカラスと違って貧相貧弱だった。胡散臭げに相手を見やったカラスが返した。

「舟指は下人だ。『殿』と呼ばれる覚えはない」

「ほう、それはそれは」

と、その男はびっくりしたような顔で、ペラペラと続けた。

「いやぁ、立派なお出で立ちなので、とてもやつがれと同じ下人には見えませせなんだ」

舟指は下人身分だったがハダシではない。フンドシ姿の尻ぱしょりでもなかった。だが顔色は例外なく黒い。毎日のように熊野川で舟を漕げば、必ず陽に灼ける。

「やつがれ、クマと申します。カラス殿のように熊野川で櫓を漕いでいたわけではないのですが、御覧の通り真っ黒く日焼けしてしまいましたよ」

ペラペラと答えるクマと名乗ったその男は、洋上で日焼けしたに違いない。熊野で海に出る船は少なくないし、そこで日焼けする下人も珍しくはない。だが洋上の下人はこき使われてやつれるというのに、その男は顔の色こそ黒かったものの、ずいぶんと景気よさげだった。

色は黒いが景気よさげな相手の顔を一瞥(いちべつ)して、カラスは心でつぶやいた。

――渾名がクマ、とは笑わせる。貧相貧弱なくせして。

初めはもっとひどい渾名だったのかもしれない。

舫綱を解いたカラスがクマを無視して、底が平たく浅瀬にも引っ掛からない自分の舟を出そうとして、クマに先へ立ち回りされる。

「エベッサーン、という皆様のご挨拶。あれは『えびすさん』が訛ったものでしょうな」

カラスの動きを遮りながら、まるでそのことに気づかぬような、呑気な顔でクマは言った。その動きに、カラスが黙って警戒の眼ざしを送る。

「そういやぁ、間もなく其方の御曹司の端午の節句ですな」

その御曹司こそが、カラスの未来を決するのだが、同じ熊野に住みながら、いまだ遠い存在だった御曹司が、舟指を始めた頃の記憶に引っ掛かっている。

女ばかりが生まれているうちに、熊野源氏の血脈を断ってしまえば政情不安を減らせると、鎌倉幕府以来の為政者は考えたらしい。

そのせいで為政者たちの内意を受けた高僧たちが、京都からも奈良からも大挙してやってきた。カラスが舟指になってからもやって来た。

彼らは判で押したように歴代の立田御前に説くのだ。「出家して仏の慈悲にすがれば、きっと熊野の悪運も消えましょう」と。そして彼らは格式の高い尼寺を餌に出家を勧め、なんとか歴代の立田御前を丸め込もうとした。

歴代の立田御前がなぜその勧めを断ったのか、カラスは知らない。

警告の置文(おきぶみ)でもあったのだろうか。

とうとう今の立田御前に男子が誕生して、これまで足しげく熊野へ通っていた京都奈良の大寺院の院主たちも、ハッタリ来なくなってしまったが、これらの高僧たちの幾人かを、カラスも駆け出しの舟指として乗せたことがある。

みな弟子の僧侶を従えて、ふんぞり返っていた。

――こいつらの説く極楽浄土は当てにならねえな。

櫓を漕ぎながらカラスは思ったが、コバンザメのように師僧に従う弟子の僧がまたひどい。彼らは高名な師僧にあやかり――虎の威を借り――、まるで自分が高僧であるかのように振る舞って。舟指のカラスに賃銭(ちんせん)を投げつけるのだ。

「ほら、くらえ」と。

まだ子どもだったカラスは、初め高僧主従の態度に衝撃を受けたが、じきに慣れてしまった。彼らの裏の顔を垣間見られたおかげで、いま目の前で愛想笑いしているクマが、腹に一物(いちもつ)持っているのも察することができた。

「わい、御曹司の端午の節句を祝うために、此処まで来たのではあるまい」

カラスの口調を聞いて、クマも態度を変える。

「じつは、其方に借銭がありましてね」

「身に覚えのないことだ」

にべもなくカラスは答える。だが、クマはびくともしない。

「たぶん、カラス殿の父か祖父か誰かが借りた銭が返ってこず、借銭をカラス殿が負う羽目に陥ったと思われます。カラス殿は伊勢国のお生まれでしょう」

「知らん」

やはり、カラスはにべもない。

「生国を知らないのですか」

「知らんよ。気が付いたらこの熊野にいた。どこから来たのか、おれは知らん。物心がつく前のことを覚えているわけがなかろう」

「なるほど」

得心がいったようにクマはうなずいたが、一歩も引き下がろうとはしない。

「これをお渡ししておきます」と、書付をカラスに押し付ける。押し付けられたカラスは、中を見ようともせずに、くしゃくしゃに丸めて、足元を流れる熊野川の水に捨てた。

「それは証文じゃないですよ」

クマに言われ、櫓を握ったカラスが返した。

「借りた覚えのない銭など払わん。それだけだ」

三

舟指の集まる船着場へ、クマの次に姿を現したのは太郎坊だった。クマのときと違って、その場の舟指たちみな、愛想笑いを返す。

「よぉ、舟指の衆、元気にやっとるか」

腹巻鎧を裾からちらつかせて呼ばわった太郎坊は、西大寺の悪僧である。荒っぽい稼業で知られる舟指たちとはいえ、この太郎坊とは誰も関わり合いたくない。だから固唾を呑んで盗み見る太郎坊の、ぶらぶらと歩む先がカラスだと分かった瞬間、やれやれとみな胸を撫でおろす。

みな知らぬふりで、舟を出す支度をしている。だが、みな聞き耳だけは立っていた。

「わい、カラスだな。ちょっと顔を貸してもらおうか」

そう太郎坊から声をかけられたカラスが、その場のみなが聞き耳を立てているのを無視して、太郎坊のあとに付く。

船着場の喧騒から遠ざかった倉庫の陰で、太郎坊がカラスにささやいた。

「わい、悪止に借銭があるそうだな」

太郎坊の発言を聞いたカラスは、すぐに合点がいった。クマから告げられた借銭の件である。あれはクマが西大寺から請け負った、債務不履行者の追跡だったようだ。クマの報告を受けた西大寺の寺司が、取り立てを太郎坊に依頼したのであろう。

「客僧の言われる悪止、というのはどこなんですか」

平然とカラスが突っ撥ねると、意外にも太郎坊はうなずき返してきた。胸ぐらでもつかんでくるかと身構えたカラスが、かえって警戒の念を強くして、相手の出方をうかがう。

腹巻鎧をちらつかせる太郎坊は、打刀も前垂れに差している。相手に刀を奪われぬために、柄を下向きに差すやり方で、刀身が滑り落ちぬよう下緒を刀の柄に巻き付けている。

下緒が柄に巻き付けてあるので、すぐには刀を抜けない。油断なくうかがっているカラスの警戒心を解くように太郎坊が発した。

「わいが拒むのももっともだ。身に覚えのない借銭など、知ったことじゃないからな」

妙に物分かりのいい太郎坊が続けた。

「しかし訴訟になれば、西大寺の勝ちだ」

「そうですね」

素っ気なく返事したカラスへ、太郎坊はさらに大事らしく声をひそめてきた。

「じつは山門（延暦寺）が徳政一揆を目論んでいる。出所は西塔釈迦堂衆だよ」

泣く子も黙る山門にあっても、とりわけ西塔釈迦堂はこわい。その華麗な大伽藍は京都の酒屋・土倉（金融業者）によって寄進されたが、その元締めが西塔釈迦堂衆を率いていたのだ。

勿体付けて言った太郎坊の語尾が、わずかにかすれる。

ははん、とカラスには、ピンときた。

――こいつ、西大寺を裏切って、山門に付くつもりだな。

はたして、太郎坊はカラスにこう持ち掛けてきた。

「山門が京都で徳政一揆を起こせば、ここらも無事には済まない。わいが知らんと言っていた悪止まで含めて借銭はチャラにせざるを得なくなる。もちろんわいの借銭もチャラだ。それには、この熊野でも京都に応じる必要があるのは、わいも承知だろう。わいは舟指だ。それも他の奴に義理のない、抜きん出た舟指じゃないか。わいが舟を止めたら、他の奴もそうせざるを得なくなる。出す気がある奴がいたとしても、親方に止められるだろう。どうだ、ひとつ乗らねぇか。悪い話じゃないと思うぜ」

太郎坊はカラスの意志を尊重するように聞いてきたが、否とは言わせぬ響きが籠っていた。カラスはその太郎坊の腹に一物隠した表情を見やる。なぜ太郎坊が山門に内通したのかも、見当がついた。

おそらく山門は西大寺が目障りなのであろう。西大寺は山門と違って、武家政権に友好的だ。滅亡した鎌倉幕府とも現在の足利幕府とも協調している。西大寺がこの熊野を含む伊勢紀伊両国で教線を伸ばしているのも、武家政権との協調の賜物だったが、山門は自身の存在を脅かす西大寺を潰そうとたくらんで、西大寺の太郎坊を引き込んだのだろう。

クマの言っていた「悪止」の所在地は志摩国だが、志摩と紀伊両国の経済圏は同じで、その悪止とかいう高利貸しも、西大寺支配下のはずだ。

西大寺派律宗といえば、光明真言であり、著名なのは叡尊や忍性といった高僧だ。西大寺は乞食非人への施行で知られ、慈悲の心を世に広く謳っている。だが施行に必要なのは、慈悲よりも銭であり、現実に西大寺を支えているのは、叡尊のような高僧よりも太郎坊のような悪僧たちの方だった。

その事情は日本最大の寺社勢力である山門（延暦寺）でも同じだ。山門が地盤とする京都では、足利義詮（二代将軍）が死んで、三代目を継いだ義満はいまだ幼少だった。足利幕府の支配が安定せぬ今が機会だと、山門は徳政一揆を目論んでいるのであろう。

だが支配層の思惑など、カラスには関係ない。だからカラスは、少しも太郎坊を信用していなかったにもかかわらず、「悪止」とやらの借銭の煩わしさを断ち切るべく、太郎坊と協同した。

四

西塔釈迦堂衆を率いる周章は、京都でも知られた悪僧だったが、いささか足利幕府に対する判断を誤ったようだ。

幼君の足利義満を支える、細川頼之の実力を見誤ったのだ。周章は足利義詮（二代将軍）の死による混乱を、臣下の細川頼之では収めきれまい、と踏んだのだが、細川頼之は足利義詮の死に乗じた山門が、徳政一揆を企むところまで見抜いていた。

武家政権たる足利幕府の存在意義は、京都の治安維持に尽きる。これを根本から覆す恐れのある徳政一揆を、どうして細川頼之が見逃そうか。

細川頼之には強力な相棒がいた。今川了俊である。引付頭人を務めた了俊は、京都の治安維持機関である侍所の頭人をも務めていた。いまの侍所頭人も、了俊の実弟で腹心でもある今川仲秋だった。

——山門が好機到来と動き出した今こそ、かえって幕府が山門の尻尾を捕まえる機会だ。

そう断じた細川頼之と今川了俊は、何も知らぬふりをして周章を呼び出す。山門使節（当時はまだその名称はない）として幕府との交渉にも当たる周章は、疑いもせずに細川頼之のもとへやって来た。

てっきり細川頼之だけだと思っていたら、その場に今川了俊まで待ち構えており、二人がかりで攻められる羽目に陥った。不意打ちに徳政一揆の件を突き付けられ、周章は狼狽する。

お人よしだと侮っていた細川頼之の迫力の凄いこと——悪僧として鳴らした周章が、たじろぐほどである。頼之の迫力に押されて、周章は徳政一揆の企てがあるのを認めてしまった。

「なれど」と、周章は咄嗟に言い訳する。

「徳政の企みは西大寺より持ち込まれたものであって、当寺はただ、それに応じただけにございます」

「ほう」

脇から進み出たのは今川了俊だ。

「もし西大寺が首謀したなら、西大寺は息のかかった伊勢紀伊両国の土倉・酒屋に証文や質草を手元に置かぬよう通達しているはず。だが、そんな形跡は一切ない。これはいかなることか」

了俊に問い詰められた周章は、苦し紛れに言い逃れる。

「愚僧に西大寺のことは分かりませぬ」

「ならば、誰なら分かる」

頼之と了俊の誘導尋問に遭った周章は、つい白状する。

「ええと、あれは太郎坊、と申す者」

「太郎坊？」

聞かぬ名だ、と視線を強めた頼之と了俊に対し、周章は必死に言い訳する。

「もし京都で徳政一揆が起これば、当寺ゆかりの土倉・酒屋も財を失います」

「こっそり知らせておろう。分一金を取って」

図星を指された周章へ、了俊が畳み込む。

「京都には御寺以外に石清水(いわしみず)や北野の傘下の土倉・酒屋も多くある。もし徳政一揆を起こせば、我ら武家の面目を失わせるだけではない。目障りな西大寺を潰せるだけではない。石清水や北野を一掃して京都の金融を独占できる大きな余禄(よろく)まで付いてくるのだ。御寺にとっては願ったりかなったりではないか」

追及の手を緩めぬ了俊に、とうとう周章は返答に窮してしまった。その周章の様子を見た頼之がほくそ笑む。

「まぁまぁ」と、了俊を、なだめる口ぶりで、周章へ助け舟を出した。

「西大寺が首謀したと周章殿が申しておられるのだ。さように出家を疑っては、後生に障(さわ)りますぞ、了俊殿」

頼之に諭され、周章に向けられた了俊の舌鋒(ぜっぽう)が、ぴたりと止んだ。ほっとしたのも束の間、いきなり頼之がこう言い出した。

「御寺ゆかりの土倉・酒屋のことだが」

頼之の意図が分からず、周章がきょとんとする。

「それらの土倉・酒屋を西大寺の徳政から守らねばなりませぬ」

「それは願ってもないこと」

操られたように、周章は応じる。

「となれば、守護の便宜を図る上でも、それらの土倉・酒屋の書き出しが必要です。客僧に書き出しをお願いできますか」

「承知しました」

そう答えてしまってから、周章は臍を噛んだ。

——しまった！

これで、どの土倉・酒屋が山門傘下なのか、幕府に教えざるを得なくなる。鎌倉幕府時代から武家と協調路線を取ってきた、西大寺傘下の土倉・酒屋と同じだ。幕府に書き出しを提出すれば、土倉・酒屋からの上納金も其方に行ってしまう。

周章が頼之から眼をそらし、了俊の方を盗み見る。取り澄ました了俊の面差しが、してやったりと、ほくそ笑んでいた。

細川頼之と今川了俊の二人は、阿吽（あうん）の呼吸の仲だという。細川頼之を甘く見た周章の痛恨事だった。

「では周章殿、西大寺の太郎坊とやらを召喚することにいたす」

頼之から宣告された周章が、太郎坊に不安を抱く。

——あの衆徒、大丈夫かな。

太郎坊が幕府に真相を白状することはあるまい。だが太郎坊は知っているのだ。最初に徳政一揆を企んだのが、山門だという真相を。

徳政一揆に成功すれば、山門の利益は大きい。京都の治安を乱して、幕府の権威を失墜させたうえに、邪魔な西大寺を潰せる。それだけでなく、京都で徳政一揆が起きれば、山門傘下の競合相手である石清水や北野傘下の土倉・酒屋にも大打撃を与え、京都の金融も独占できるのだ。

そのための実行部隊として、周章はすでに西塔釈迦堂配下の馬借車借に動員をかけている。

——すぐに命令を取り消さねば。

西塔釈迦堂配下の輩（やから）たちには問題なかろう。だが太郎坊は、西大寺の悪僧だった。敵である西大寺に内通者をつくらなければ、この企てはうまくいかない。京都進出を目論んで伊勢紀伊両国に教線を伸ばしている西大寺を潰すことこそ、このたび徳政一揆を企んだ最大の狙いだった。

太郎坊は内通者としてお誂（あつら）え向きだったはずだが、事情が変わってしまった。剃り上げた頭を撫でるふりをして、周章が顔を上げる。細川頼之と今川了俊の二人がかりで睨まれてしまい、強面の周章も愛想笑いしてごまかす。

——こりゃ、手を引くしかないな。

尻尾を巻いて逃げ出せればよいが、細川頼之と今川了俊は、その尻尾をつかもうとしている。だから太郎坊を召喚すると、周章に告げたのであろう。

太郎坊を始末して、山門の尻尾をつかむ手段を消してしまいたいところだが、細川頼之と今川了俊が監視しているのに、そんな真似をしでかせば、たちまち周章の狙いを見破られて、二人はさらに山門を追い詰めてくるだろう。

——ここはおとなしく様子見するしかあるまい。

太郎坊がすぐに山門を裏切ることはない。そんなことをすれば、太郎坊は西大寺を裏切って山門に内通したことを知られてしまうのだ。「慈悲の心」が売りの西大寺とはいえ、裏切った同宿の悪僧となれば話は別だ。

幕府に召喚された太郎坊は、周章の睨んだ通り、徳政一揆の首謀者が山門だと白状することはなかった。太郎坊も西大寺に裏切りを知られるのを恐れたのだろう。だが山門が徳政一揆の首謀者は太郎坊であると主張したのに対し、太郎坊は責任逃れをしてきた。「徳政一揆の首謀者はカラスとかいう熊野者でございます」と幕府侍所に申し立てたのである。

「その熊野者は西大寺傘下の悪止に相当な借銭がございます。その借銭を消すには、徳政一揆しかありません。なれど伊勢紀伊両国は西大寺の力が強く、とても徳政一揆は起こせません。ならばどうするか。山門です。山門が起こす徳政一揆となれば、伊勢紀伊両国も無事では済まないのです。そのカラスなる熊野者は、山門の力を利用しようとしたのでございます」

太郎坊の申し立ては筋が通っているように見えて、無理がある。細川頼之はすぐに太郎坊の詭弁(きべん)を見破ってしまった。

「そのカラスとか申す熊野者は舟指だそうです」

今川了俊が現在の侍所頭人である今川仲秋からの報告を、細川頼之に伝える。これを聞いた頼之が、軽くうなずき返した。

「舟指は山門の馬借車借と同じで、熊野川を舟で行き交っている者たちと聞いております。一揆をたくらむ不逞(ふてい)の輩が似合いだと、太郎坊とやらは考えたのでしょうな」

「さような詭弁で我らを騙(だま)せると思うとは、なんと浅はかな奴にござろう。だが、いまはその太郎坊の詭弁に乗って、山門の尻尾を捕まえる機会かと存ずる。さような慮外者(りよがいもの)を泳がせてこそかと」

「まぁ、うまくいったところで山門がなくなるわけではありませんが」

冗談めかして言った頼之に、真顔で了俊が応じる。

「山門は武州殿（細川頼之）の仰せの通りにござろうが、熊野はいかがにござろう。熊野もまた我ら武家とは相性がよいとは言えませぬ」

かつて足利尊氏との政争に敗れた後醍醐天皇は、都落ちしてもあきらめず、熊野と通じた吉野に逃れて南朝を立てた。

熊野は天皇家との縁が深かった。熊野と天皇家との縁は、神武天皇を八咫烏が導いたという東征伝説から始まっているのだから本朝開闢以来だ。後白河院や後鳥羽院の繰り返しの熊野参詣も知られている。

天皇家の権威を背景に巨大となった熊野だが――。

「もはや熊野に昔日の力はござらん。山門のごとく案ずるには及ばず」

冷徹に言い切った頼之の注意を、了俊が喚起する。

「なれど熊野源氏に男子が生まれたと聞いております」

「鳥居禅尼の裔ですか」

そう尋ねた頼之が、記憶をたどるように続ける。

「かつて右幕下（源頼朝）に熊野が睨まれたおり、鳥居禅尼が右幕下の叔母という血縁を活かして、熊野を救ったと聞いています」

「その鳥居禅尼は立田御前と熊野では呼ばれていたそうですが、このたび男子を生んだのもまた立田御前というそうです。なんでも熊野では女子ばかりが生まれ、次々と立田御前を継承したそうです」

「先人たちが熊野源氏の男子誕生を防ごうと試みたのは知っています。ようやく男子が生まれたのはめでたいかぎりだが」

頼之がかぶりを振って言い切った。

「すでに本朝において、右幕下（源頼朝）を継承する源氏は、等持院殿（足利尊氏）の正統と決まっておる」

五

西大寺の悪僧である太郎坊が山門に寝返ったのは、むろん山門が示した成功報酬に眼がくらんだからだが、こうして抜き差しならぬ立場に追い込まれてみると、山門の巨大な圧力から逃れて、誰かに責任を押し付けたくなる。太郎坊が責任を押し付けようとしたのはカラスだったが、山門――西塔釈迦堂衆を率いる周章――は、その太郎坊の弱腰ぶりに苛立っていた。

——カラスとかいう舟指へ張本を押し付けずに、自らかぶればよいではないか。現実には徳政一揆は起きていないのだ。幕府も太郎坊を罪に落とすことはできん。この山門に代わって徳政を企てた張本人となれば、悪僧たちの中で「いい顔」になれるというのに。

むろんそうなれば西大寺に裏切り者と知られるわけだが、代わりに山門の悪僧になれるのだ。

——西大寺に狙われるのが、そんなに怖いのか。だったら、初めから裏切るなよ。

悪僧としての太郎坊の器量を見損なった周章だったが、幕府が太郎坊を監視している以上、迂闊に手は出せない。

いまや太郎坊は幕府の言いなりだ。カラスが首謀者だと申し立てた太郎坊の言い分を幕府が信じている、と太郎坊は思い込んでいた。

幕府のために情報を拾い集める太郎坊は、いまだカラスには、山門が徳政一揆を企てている、と吹き込んでいた。

その方が万事に都合がいい。カラスを騙しておけば、手先に使うこともできた。

それは暴風雨の荒れ狂う台風の晩だった。紀伊半島は台風が直撃することで知られている。毎年、恒例のように台風に襲われるのだが、そんな晩は誰もが外出を控え、自宅に閉じこもって台風に備えるのが常だ。

だがカラスは違う。深更（しんこう）になるのを見計らって、彼は新宮の船着場近くにある己れの小屋に入った。

むろん台風が、小屋を破損すると危ぶんだわけではない。小屋は丈夫な丸太で隙間なく組んである。だが、こんな晩にこそカラスは小屋入りするのだ。

小屋に入ったカラスは、燭台（しょくだい）を机に置いて、じっと耳を澄ます。横殴りの雨が小屋全体を激しく叩き、夜闇を我が物顔に吹きすさぶ風は、小屋を根こそぎ揺さぶっていた。

そんななか、カラスは身じろぎもせずに。夜のしじまを破る暴風雨を聞いた。雨と風のうなる響きしか聞こえずとも、カラスが緊張を緩めることはなかった。

こんな晩は、後ろ暗い過去がよみがえる。いま彼の脳裏によみがえっていたのは、片足を引きずりながら歩く女の子だ。その女の子の股間（こかん）からは、いつも小便が漏れ出ていた。

その女の子は、幼い娼婦（しょうふ）だった。未発達な膣（ちつ）に、いきり立った男根を無理やり入れられたため、そんなになったのである。

その幼い娼婦は、カラスの姉だった。思い出さずに済んでいたのに、昨日、意外なことを聞かされた。姉が生きているという噂だ。

天涯孤独のカラスにとって、肉親が生きているという噂は、ほんらいなら喜ばしい知らせだろう。だが、この噂を聞いたカラスの心に宿ったのは、まったく別の感情だった。

——迷惑だ。

そうカラスの心は吐き捨てていた。

幼かった姉は、あんな身体だったのだ。生きているとしても、五体満足なわけがなかった。カラスにそんな姉を受け入れる余裕はない。

姉があんな身体になったのは、カラスの責任ではなかった。だがカラスが強健な身体になれたのは、姉の稼ぎのおかげかもしれない。幼かった姉の膣に、無理やり男根をねじ入れた男たちの非道な銭のおかげだったかもしれないのだ。

それでもカラスは祈らずにはいられなかった。噂が嘘であり、姉が死んでいてくれることを。

その噂をカラスにもたらしたのはクマだ。

——あの野郎。余計なことを知らせやがって。

姉とは喋（しゃべ）った記憶がない。だから声の記憶もない。憶えているのは、小便を漏らしながら歩くあの姿だけだ。

燭台の灯を見つめたカラスに緊張が宿ったのは、そのときだった。コツコツ、と聞こえてきた。戸口の方から。

カラスが鋭く戸口を見やった。また聞こえてきた。コツコツと。

必ず来訪者があるとは限らない。だがいつの頃からか、人が決して出歩かない、こんな晩になると、カラスは己れの小屋に詰めることが多くなった。

鋭く戸口を見やったカラスが、音もなく其方へ接近する。用心深く戸口を開いた。

雨と風が一気に吹き込んでくる。戸口の外に立っていたのは、笠（かさ）と蓑（みの）から雨水を滴（したた）らせた太郎坊だった。

「本宮までやってくれ。払いは宋銭（そうせん）でも金でも銀でもいいぜ」

太郎坊は鷹揚（おうよう）に告げたが、カラスが素早く確かめたのは、太郎坊の打刀だ。前垂れに差した太郎坊の打刀は、柄に下緒が巻かれたままだった。

打刀を確かめられたとも知らずに、太郎坊は陽気にカラスへ告げた。

「これから山門の衆と徳政の一件で密議よ。釈迦堂衆の力はわいも知っての通りだ。じきにわいにも見せてやるぜ。山門の威風で、悪止とやらが吹っ飛ぶところを」

景気よく並べる太郎坊へ、カラスは答えた。

「二刻（約四時間）ほどです」

「さすが、知られた舟指だぜ。この荒天に二刻で本宮まで着けるとはたいしたもんだ」

大げさにカラスの腕を褒めながら、いま一度問うた。

「払いはどうする」

「宋銭でいただきます」

それがいちばん手っ取り早い。

カラスの返答を聞いた太郎坊が、ずっしりと重い緡銭（さしせん）を渡す。

「確かに」

受け取ったカラスが、足に草鞋を履く。滑り止めだ。これを履いた方が力強く舟を漕げる。

舟指はフンドシ姿も見せない。筒状の袴（はかま）も身に着けた。胡風（こふう）らしいが、カラスもよくは知らない。

「そいつはずぶ濡れになると、かえって漕ぐ邪魔になるんじゃないか」

太郎坊が筒状の袴へ顎（あご）をしゃくった。そうかもしれないが、フンドシ姿を見せないのが、熊野の舟指である。

それ以上は言わずに、太郎坊もカラスのあとに続いた。

真っ暗な新宮の船着場には、イヌの子一匹おらず、激しい雨音を運び去る暴風が、夜闇を切り裂き渦巻いている。

暗闇のなかで己れの舟を探すカラスへ、太郎坊が松明を差しかける。其方を振り返ったカラスは、松脂が爆ぜて火の粉が舞うなかで、照らされた太郎坊の笑顔が、死相でゆがんだような気がした。

「こいつはどんな雨風に遭っても消えやせんぜ」

松明を自慢する太郎坊の声を聞きながら、カラスは増水に轟く熊野川へ己れの舟を出す。たちまちずぶ濡れになったが、気に留めた様子もなく、カラスは草鞋を履いた足場を固めた。

熊野川は峡谷で曲がりくねった大河である。ふだんは河原が広がっているあたりも、いまは台風の増水によって、一面の濁流となっているだろう。

いまは亥の刻（午後十時くらい）あたりだ。本宮に着くのは、丑の刻（午前二時くらい）になる。

増水によって樹木を根こそぎにするほどに勢いを増した熊野川の流れに逆らって、

カラスは舟を漕ぎ出す。当たり前なら、あっという間に下流に流されて終いだろうが、カラスが船端に倒れ込むように櫓を漕いだとたん、まるで宙を飛ぶように、舟はまっしぐらに増水した熊野川を逆に向かって突っ切っていった。

「たいしたもんだ」

暴風雨に吹きちぎられる太郎坊の声を聞きながら、カラスが二度三度と船端に倒れ込んで櫓を漕いだ。視界が全く利かぬのに、カラスの舟は制御を失わず、安定した進路を保っている。

熊野川の川舟は、底が平たく浅瀬でも支えにくいが、それでも増水で水をかぶった河原で座礁してしまうことがある。だがカラスは真っ黒い濁流が広がっていても、そこが淵なのか瀬なのか直感した。川を行き交うさいに、どこに淵があってどこに瀬があるのか、どんな形で河原が広がっているのか、頭に入れておく注意力なのかもしれないが、カラスは増水によって光景が一変した熊野川でも、迷いなく漕ぎ進めることができた。

平凡な舟指なら舟を出すことすらできない悪天候のなか、カラスは通常の半分の時間で、本宮に到着してみせた。

いつもなら人と舟が雲集している本宮の船着場に、カラスは己れの舟を滑り入れる。

いまは広い船着場に人影もなく、踵(きびす)を接して繋がれている川舟も、一艘残らず陸に上げられており、常とは全く違う気配が広がっていた。

人の営みが絶えた船着場で激しい風雨が夜闇に渦巻いていたが、カラスはあやまたずに舟を繋ぐ。

「ありがとうよ」

太郎坊が言い捨てて本宮の街中に姿を消す。真っ暗な夜に溶け込んでいったはずだが、カラスには見当がついた。

太郎坊の掲げる松明である。暴風雨の中でも消えぬ松明が、行く手の闇で右に左に首を振りながら輝いていた。

太郎坊に引き返すふりをしてみせたカラスが、船底から照明具を取り出した。龕灯(がんどう)だ。龕灯は光が外に漏れない照明具である。つまり跡を付ける相手に気取られぬということだ。

カラスは龕灯に火を入れて、己れは暗闇に包まれたまま、先を行く松明の光を追う。

雑踏が似合う本宮の境内(けいだい)町は、土砂降りの台風の真っ只中にあった。真っ暗な街路に人影はなく――いや、二つの姿だけが雨風を縫(ぬ)うように進んでいる。先を行く太郎坊と、跡を付けるカラスと。

境内町を抜けた太郎坊が、山道に分け入る。人跡の消えた山々が、太郎坊と、その跡を付けるカラスを不気味に押し包んだ。雨水で滑りやすくなった足元はおぼつかず、誰もいないはずの崖から、うなりに似た地響きが聞こえてくる。

こんな荒天の晩に熊野の山々に入るのは危険だったが、峯入り(みねいり)の経験でもあるのか、前方で松明を振る太郎坊のしぐさには余裕すら感じられた。

熊野に関わる衆徒で、山に慣れた者は多かった。だがカラスが知りたいのは、そんなことではない。

行く手の太郎坊の松明が左手に進路を取ったとき、跡を付けるカラスは、濡れた髪をかき上げ大きくうなずいた。

太郎坊が進路を取ったのは、中辺路(なかへじ)だったのだ。古くから中辺路は最も使われる道だったが、いまの中辺路には幕府の関所がある。それも一か所や二か所ではない。幕府の監視所と化していた。

他にも道はあるのである。吉野に抜ける道も、高野山(こうやさん)に抜ける道も。にもかかわらず、なぜ太郎坊は中辺路を行ったのか。もし山門と密議するつもりなら、幕府に発覚する恐れのある中辺路など使わなかったろう。

太郎坊が中辺路を進んだのを確かめて、カラスは土砂降りのなかを引き返した。

六

小松法印を熊野別当と呼んでよいのかどうか。

彼は別当家の嫡流であり、代々の別当と同じく法印権大僧都に任じられている。ただし、彼をその僧綱位に任じたのは南朝だった。

後醍醐天皇が吉野に逃れてより、南北朝の時代は始まったが、一貫して有利なのは北朝の方だった。北朝が有利だったのは、足利尊氏の手で立てられたからである。

南北朝は混沌の時代で、足利尊氏も後醍醐天皇に逃げられ、慌てて北朝を立てたのかもしれない。北朝の事実上の頂点は、天皇ではなく将軍（足利氏）だったが、その足利氏も将軍に任じてくれる人がいないと困るのである。逆に言えば、将軍に任じてくれさえすれば、南朝だろうと北朝だろうと、どちらでもよいのだか、おとなしく足利氏を将軍に任じる北朝の天皇に対し、南朝の天皇は後醍醐の後継者のせいか、ひどく足利氏を敵視した。

この南北朝の意地の張り合いに、熊野は巻き込まれた。もともと熊野は天皇家との縁が古く深く、しかも承久の乱以来、鎌倉幕府――というより北条氏と仲が悪かった。

承久の乱には武家対公家という印象があるが、実際は北条氏と後鳥羽院の争闘である。あまり知られていないが、畿内の源氏関係者はみな源氏から実権を簒奪した北条氏を嫌い、後鳥羽院に付いたのである。

源氏から鳥居禅尼を迎えていた熊野は、当然のように後鳥羽院に味方した（寺社勢力に付き物の分裂はあったが主流派は後鳥羽方）。そのせいで北条氏の幕府から目の敵にされたが、元寇以来それがひどくなった。

元寇を機に鎌倉幕府は国防体制の強化に乗り出したわけだが、同時に貿易体制の強化にも乗り出したのである。当時日本最大の貿易港だった博多も、このときに掌握した。

博多に着いた貿易品を鎌倉まで運ぶ途上にあるのが、瀬戸内海と紀伊半島である。どちらでも熊野と利害がぶつかった。だから鎌倉幕府は、熊野を悪党として徹底的に討伐した。熊野のある紀伊国の守護に北条一門を送り込んで締め上げ、その総指揮は六波羅探題が取ったのだ。

六波羅探題は西国の不穏分子摘発で鳴らした秘密警察のような存在で、承久の乱の後に京都に設置された六波羅探題は、代々の探題も北条一門が占めた鎌倉幕府の手先だった。

鎌倉幕府から繰り返し討伐を受けた熊野は、もちろん後醍醐天皇の倒幕運動に加わる。とくに熊野と兄弟のような吉野は、反鎌倉の牙城となり、護良親王（後醍醐の第一皇子）の破壊活動の中心となった。

ゆえに熊野はいまも南朝方だ。だが決して足利尊氏に悪い感情はなかった。そもそも熊野は鳥居禅尼を迎え、いまもその末裔を源氏の御曹司と奉っているのだ。思い出してほしいのは、鎌倉幕府討伐の最大の功労者は足利尊氏であり、そう認定したのは後醍醐天皇その人だったということを。気づいてみれば護良親王は失脚し、いつのまにやら足利尊氏と敵対した後醍醐天皇は、都落ちして吉野に逃れ南朝を立てていたのである。

古代から天皇家と縁が深い熊野は、吉野で南朝を立てた後醍醐天皇を助けざるを得ず、そうするうちに足利尊氏が立てた北朝の朝敵となってしまった。熊野を朝敵と見なす北朝が、熊野別当の僧綱位を小松法印に与えるはずもなく、別当の地位もあやふやになってしまう。別当の乱立だ。北朝から別当に任じられるならまだしも、勝手に別当を自称する輩まで出て来て収拾がつかなくなってしまった。

それでも小松法印は、己れこそが正統な熊野別当だと自負している。上綱衆を集めて開かれる、この日の評定にも、熊野別当の誇りである僧綱襟を付けて姿を現す。

だが何ともわびしい光景だった。熊野の上綱衆の評定といえば、かつては京都もその決定に固唾を呑んでいたのに、いまは隙間風が吹いているようで、召集に応じた上綱衆もまばらである。

それでも僧綱襟を付けた小松法印は、歯を食いしばって威厳を保っていた。しかも彼は一人ではなかった。

恭しく供奉していたのは、この場の上綱衆も見たことがない少年だった。その少年を先導する小松法印が、螺鈿の箱を捧げ持っている。開かれた箱から大粒の真珠が垣間見えたとき、集まった上綱衆は、それが誰であるのか合点する。

熊野源氏にようやく生まれた御曹司だ。

座に厳粛な気配が満ちる。威に打たれた上綱衆が平伏するなか、真珠の箱を捧げ持つ小松法印が導いたのは、今まで己れが座した首座だ。真珠の箱を首座の背後の神棚に小松法印が据え置き、件の少年が神棚を背に首座に座す。御曹司の威容に打たれたのか、召集に応じた上綱衆の一人である色川左兵衛が、御曹司の隣に座を占めた小松法印へ声をひそめて尋ねる。

「御曹司は、いまだ御元服の前かと存ずるが」

「さよう」

小松法印が重々しくうなずいてみせる。

「して、御幼名は？」

「千鶴――と」

「それは、なんと」

不吉な名だ――を呑み込んだ。

千鶴というのは、源頼朝が初めてもうけた男子の幼名だ。いまだ元服せぬ先に殺された悲運の子だった。平治の乱で平家に敗れ伊豆の流人となった源頼朝は、伊東祐親の娘との間に男子をもうけたが、これを知った伊東祐親は、平家の聞こえを憚って、その子を滝壺に投げ込んで溺死させたという。

「御幼名は御曹司みずからが、お選びになった」

沈痛な面持ちで小松法印が披露した。小松法印の表情を見れば、その幼名に反対だったと分かる。

――それはそうだろう、わざわざ不吉な名を選んで、みずから付けるとは。

上綱たちが、首座の御曹司を、そっとうかがう。

元服は十五歳が目安だが、その前くらいの年齢だろう。やはり血は争えぬ、と言うべきか。いまだ少年の年齢であるのに、あたりを払う威厳があった。

なぜ不吉な幼名を選んだのか、その理由を尋ねようとして、みな申し合せたように口をつぐんだ。

――この御曹司は知っているのかもしれない、己れが元服できぬことを。

武家の棟梁として源頼朝の跡を継いだのは足利尊氏であり、征夷大将軍となって棟梁の座に君臨するのも尊氏直系の足利氏だ。いまさら「千鶴」を自称する熊野源氏に出番はない。

その現実を肝に銘じている、と小松法印はまなじりを決してみせた。

「ゆえに我らは御曹司を奉じて九州へ下る」

小松法印が、一座に呼ばわった。重大な決定だったが、一座に驚きは見られない。誰の眼にも、熊野の窮状は明白だった。

九州へ下向する理由など、訊かずとも分かる。この日本国で南朝が政権の体をなしているのは、九州だけではないか。

「鈴木刑部殿に書札を送っておる」

そう小松法印が告げたとき、一座の上綱たちは、久々に鈴木刑部の名を聞いた。

鈴木刑部は熊野国造の末裔として、天皇家と同じくらい古い名門の出身である。天皇がまだ大王と呼ばれていた頃から、臣従していたのかもしれない。後醍醐天皇が在世していたときに、その第八皇子の懐良親王を奉じて九州へと下った。九州（薩摩国）へ下った懐良親王が島津氏によって動きを封じられ、谷山城で立ち往生してしまったさいも、島津氏の東福寺城を急襲して、谷山の懐良親王を救い出し、九州きっての南朝党である肥後国の菊池一族のもとまで送り届けている。

懐良親王救出作戦の指揮を執った鈴木刑部は、そのまま九州に残り、菊池一族とともに親王に供奉する南朝軍の将として、十五年の歳月をかけて北上し、とうとう大宰府を攻め落として九州の覇権を握った。

小松法印が鈴木刑部と一つになって、九州の地で熊野の復興を目指すつもりなのは分かった。

「なれど」と、色川左兵衛が気がかりを述べる。

「新たに九州探題が決まったのをご存知か」

「何の九州探題ごとき」

小松法印がむきになって応じる。征西宮（懐良親王）の南朝軍が追い落としたのも、九州探題なのだ。

「このたび九州探題に決まったのは、今川了俊にござる」

今まで九州の南朝に手が回らなかった北朝（武家方）の、本気がうかがえる人事である。黙り込んでしまった小松法印へ、首座の千鶴が淡々と命じた。

「法印、続けよ」

千鶴に目礼した小松法印が、詳細を話す。熊野衆と称されるほどの者は、全て引き連れていくこと、九州下向を敵に悟られぬよう、瀬戸内海を通らず太平洋航路を使うこと、などなど。

これを聞いた色川左兵衛が応じる。

「我らは此処に残る。なぜなら帝（南朝の天皇）はいまも此処におわすゆえ」

小松法印も同意した。

「其方は我らほど武家方の目の敵にされておらぬ」

南朝方が明らかな二人が、期せずして見やったのは小山三郎浄円だ。変わり身の早さで知られている小山浄円。

鎌倉幕府が強いと見ればこれに従い、その鎌倉幕府が滅びれば、後醍醐天皇に忠誠を誓い、いまは武家方（北朝）への鞍替えを目論むと噂されている。

「其方の考えのままに」

最後の熊野評定を荒立てたくないのか、穏便に済まそうとした小松法印へ、今までにない率直な物言いを小山浄円はした。

「もはや昔の熊野には戻れませぬ」

一座に小山浄円は呼ばわったが、彼が背筋を正した相手は、首座の千鶴御曹司である。

小松法印の千鶴御曹司を奉じての九州下向は、足利尊氏の九州下向を彷彿とさせる。小松法印は源氏御曹司を奉じることによって、九州で勢力を回復した足利尊氏の成功例に倣おうとしていた。

法印自身は気づいていないかもしれないが、いま一座の者が初めて目の当たりにした御曹司は、それと察している。その試みがうまくいかないであろうことまで含めて。形ばかり真似したってだめなのだ。

まばらな一座に重苦しい沈黙が漂う。

湯川氏は古くからの熊野衆だったが、武田氏から養子を入れ、表看板はそのままに、すっかり武家方となってしまった。安宅氏のように生粋の武家方として、この熊野に乗り込んできた一党もいる。彼らは熊野別当の召集に応じようともしなかった。

この場の重苦しさを紛らわそうと、座の誰かが言う。

「九木弥五郎はどうした」

「あやつら、泊浦の方に移ったらしい」

「ええ、それは初耳じゃ」

一座から驚いた声が上がる。

「まるで夜逃げよのう」

一座は笑いさざめいたが、目端の利く者なら、みな見切りをつけ、新天地を求めて逃げ出している。

聞こえぬふりをして、小松法印が立ち上がった。首座の千鶴御曹司をうながし、来たときと同じように、家宝の真珠を捧げ持ち御曹司を先導して退出していく。

一座の者が、痛ましげに千鶴御曹司と小松法印を見送った。

「殿ばら、ご覧になったか」

興奮を抑えかねた様子で声を上げたのは、小山浄円だった。

「等持院殿に生き写しではないか」

いま退席した千鶴御曹司が、である。小山浄円は足利尊氏の六波羅攻めに参陣しており、一座の中で足利尊氏の相貌（そうぼう）を知る者たちが、異口同音に小山浄円にうなずいてみせる。

「まぁ、まだ御元服前の御曹司の方が『紅顔の美少年』と申すにふさわしいがの」

小山浄円の軽口に割り込む声が、不意に起こった。

「等持院殿に生き写しとは、とんだ仇花にござるな」

声のした方を見やると、千鶴御曹司と小松法印の退出を見計らった九木弥五郎が、いつのまにやらそこに座を占めていた。

「九木殿、いま九木殿が泊浦へ夜逃げ同然に移ったとの噂で持ちきりであったぞ」

まぜっかえした小山浄円に、ふてぶてしく九木弥五郎は笑ってみせる。一同を見渡して言った。

「別当殿が九州下向を決心してくれてよかった。これで熊野別当の最期を目の当たりにせずとも済む。死ぬんなら我らの眼に入らぬところに行って死んでくれと願っておりましたからの。目の前で野垂れ死んで、我らの良心が咎めさせられるのは、いい迷惑じゃ」

「やめんか、九木殿。あまりに不人情ぞ」

たまりかねたように、色川左兵衛が九木弥五郎をたしなめる。だが、意外にも九木弥五郎は反論してきた。

「綺麗事をおっしゃいますな。ならば、我が身を犠牲にして、別当殿を助けますか」

弥五郎をたしなめた色川左兵衛が黙り込む。

「見殺しにするつもりなら、この九木弥五郎の言い分に異は唱えられませぬな」

一座が静まり返る。九木弥五郎を否定する声は、誰からも上がらなかった。

七

いつもの新宮の船着場に、クマが姿を現した。人と舟でごった返すなかを、ぶらぶらと所在なげに歩いているが、カラスには自分が目当てだと分かった。睨んだ通り、さりげなくやって来たクマは、商談するふりをして声をひそめる。

「舟指殿は、なかなか風流におわす。ときおり見晴らしのよい地から、熊野の海を眺めでおわす」

さすがのカラスも、ドキリとして、クマを振り返った。そのカラスの習慣は、誰にも知られていないはずだ。

それは子どもの頃からである。とっておきの南蛮餅(なんばんもち)を持って、それを齧(かじ)りながら熊野の海を眺めていた。カラスが好むのは、南東の方角に広がる一面の水平線だ。子どもの頃も、そしていまも。

カラスには、その水平線の先に、何かが待っている気がしたのだ。あまりに青臭い感性だと自覚しており、他人に打ち明ける気は毛頭なかったものの、子どもの頃から、カラスは「水平線のその先にある何か」をつかもうとしてきた。

これは補陀落信仰にも似ている。だがカラスは一部に熱烈な信奉者を持つ補陀落渡海には、冷淡そのものだった。

「あれは黒潮だよ」と、ひどく興醒めな言い方をするのである。

世界中の海流の中でも、黒潮はとくに流れが速い。その黒潮は紀伊半島で最も陸地に接近するが、その年によって、遥か彼方の沖合を通過する場合と、目と鼻の先まで陸地に迫っている場合とがある。

黒潮が陸地のすぐ傍まで迫っていたときには、いつものようにやって来た漁師舟は、あっという間に速い流れに運び去られてしまう。そしてその舟に乗っていた漁師は、二度と両親や妻子のもとには帰ってこない。

黒潮に運び去られた漁師舟の漁師たちは、太平洋の真ん中まで運ばれ、洋上でたぶん日干しになっているだろうが、広い太平洋で舟や遺体が見つかった例はない。死体も舟も見つからないとなれば——見つかったなら逆に奇跡なのだが——彼らが遭難したという証拠もなかった。すると彼らの家族は思うのである。きっと自分の息子や夫は、極楽浄土へ行ったに違いない、と。

それが補陀落信仰だ。

「そう信じたいんだから、信じさせてやればいいじゃないですか」

補陀落信仰で一儲けをたくらんでいるクマはそう言うのだが、カラスはひどく冷笑的だった。にもかかわらずカラスは、熊野の水平線に夢を求めているのである。これでは補陀落信者を嗤(わら)えないではないか。水平線の彼方に希望を見出しているにもかかわらず、補陀落渡海を否定するとは明らかに矛盾(むじゅん)していたが、カラスの尻尾をつかんだクマは、敢えてその点には突っ込まない。

秘密を知られたカラスが、きまり悪げにクマの隣に座る。クマの狙い通り、拝聴の姿勢を取ってきた。いつもなら舟を出す準備をしながら片手間でクマに応じるカラスが、おとなしく隣に座って耳を傾けている。

クマが本題に入った。

「舟指殿、台風の晩に、太郎坊を本宮まで舟で送りましたね」

「そうだ」

「そのとき太郎坊は、なんと舟指殿に言っていましたか?」

「これから徳政一揆の件で山門の衆と密議する、と」

言ってから、カラスは横目でクマの表情をうかがった。こう付け加える。

「たぶん太郎坊の言葉は嘘だ」

「なぜ、そうお考えになります」

「太郎坊は中辺路を行ったからだ」

「なるほど」

クマがニヤリとした気がした。

「ところで」とクマが口調をあらためる。

「あの台風の晩、舟指殿がなぜ己れの小屋にいると、太郎坊は知っていたんでしょうね。荒天の晩ならいつもいるとは限らないでしょう」

「トラから聞きだしたんだろう」

事も無げにカラスは応じたが、クマはそのカラスに満足げにうなずき返す。

「トラとは確か――」

「おれの情婦だ」

かつて熊野は、治天の君（後白河院や後鳥羽院）の渡御がたびたび行われた。そのようなおりには、あちこちから大勢の遊芸人が集まってくる。白拍子たちは玉の輿に乗ろうと妍を競うのだが、その名残のせいか、いまも熊野は遊芸集団と関わりが深い。

トラはそんな白拍子の一人だったが、カラスは「割れ鍋に綴じ蓋だ」と素っ気ない。治天の君の代わりに舟指ふぜいの情婦になる白拍子など、たいした女ではない、ということなのか。

「して、舟指殿はそのトラ殿を問い詰められましたのか」

「いや、何も話してはおらん。だが、おれがあの日、小屋に詰めていると知っていたのはトラだけだ」

「なれど、そのトラ殿とやらは舟指殿の想い人でしょう」

わざとクマが水を向けてみたところ、あっさりとカラスは言い返してきた。

「トラは右手の代わりにすぎん。おれがそう思っているのだから、それ以上の情をトラに期待するのは虫がよすぎる」

太郎坊ならば、カラスとトラの関係も容易に嗅ぎつけられる。ちょっと銭をつかませれば、すぐにカラスのことを喋ると見当をつけたのだろう。

これなら大丈夫だ、とクマが本腰を据える。「じつは侍所が舟指殿（カラス）を召喚するように命じました。太郎坊——にです」と切り出した。

「わい、よく知っているな」

俄かにカラスの口調が鋭くなったが、ここはクマもごまかさない。

「おれは山門に首を突っ込んだんです。おっかない釈迦堂衆にね。徳政一揆となれば、動く銭も大きい。釈迦堂衆に取りいって、侍所の召喚の件も聞き込んだというわけです」

西大寺の情報源が太郎坊一人なのを、山門は危ぶみ始めている。そこにクマはうまく付け入ったわけだ。意味ありげにカラスへささやく。

「それが何を意味するのか分かりますか」

「勿体付けるな」

カラスがクマを睨んだ。

「もし侍所がおれを召喚したなら、徳政一揆の首謀者が山門で今もそれが続いているという太郎坊の嘘がおれにバレる。その後、徳政の張本をおれに責任転嫁した嘘もバレるじゃないか。太郎坊は侍所に嘘を申告したことになり、侍所の処罰を受けることになる。それだけじゃない。もっと怖いのは山門だ。太郎坊は徳政の問題をうまく処理すると山門に請け負っておいて、これにしくじった結果となる。このしくじりによって、太郎坊は悪僧生命を絶たれるかもしれん」

「お見事です」

クマは拍手でもしかねない様子で、身を乗り出してきた。

「ならば太郎坊は、どうするでしょうね」と問う。

カラスは苦笑してクマを見やってから答える。

「おれが侍所の召喚を受ける前に、口封じのため消そうとするだろうな」

大きくうなずいたクマが、懐から精巧に作られた「何か」を取り出す。

「これはマホロシ、と言って、世に知られていない武器です」

カラスはそのマホロシを受け取ると、初めて見るはずなのに、手のひらの中へ上手に収めてみせた。軽く閉じた手は、何かを隠し持った感じではない。カラスが二、三度軽く手のひらを振った。まるで印象は変わらず、クマは首を傾げたが、その鼻先にいきなりカラスは拳(こぶし)を突き付けた。唖然としたクマを見て、カラスがニヤリとする。軽く握った指の隙間から、鋭い刃が顔をのぞかせていた。

「それなるマホロシは山門からの贈り物ですよ」

「そうか」

カラスは手のひらを開き、発条(ばね)仕掛けで刃が飛び出す、小型で精巧な暗殺兵器へ眼を落とした。

最初に徳政一揆を企てて京都の治安を乱し幕府の足を引っ張ろうとしたのは山門である。その事実を太郎坊は知っているのだ。此処は早いところ手を打って、その証人となり得る太郎坊を消してしまおうと、西塔釈迦堂衆を率いる周章は考えたのだろう。だが太郎坊は幕府の監視を受けている。山門関係者が太郎坊を消すのはまずい。そこで山門が眼を付けたのがカラスというわけだ。おそらく目の前のクマが、山門にカラスを推薦したのだろう。

山門はカラスを利用しようとしているのである。それはカラスもよく分かっていた。だが太郎坊を討たなければ、己れが太郎坊に討たれてしまう。

「これなるマホロシ、しかと受け取った、と釈迦堂衆に伝えてくれ」

言い捨てて腰を上げたカラスの背中を、クマが呼びとめる。

「もうし、舟指殿」

振り返ったカラスへ、さりげなくクマが教える。

「太郎坊の打刀のことですがね」

カラスの視線が鋭くなった。

「あの打刀、見かけは当たり前ですが、じつは刀身が槍穂になっています。お役に立つかどうか分かりませんが、いちおうお耳に入れておきます」

こいつ鋭いな、と胸に応えたが、カラスは曖昧に返事して、その場から立ち去った。

八

カラスのように生きていれば、そのうちに禍と出遭うことになる。誰も出歩かない晩に、いつの頃からか、カラスは己れの小屋に待機することが多くなっていた。いや、そもそも己れの小屋じたい、後ろ暗い稼業に手を染めなければ持つこともできなかったろう。

熊野の本宮と新宮の間を行き交っているのは、参詣客や森林資源（木材・鉱物）ばかりではない。不善の輩と称される裏社会の者たちが、表沙汰にできぬ事情で、行き交っていたのである。

舟指仲間にとって、裏社会の連中が落とす銭は大きい。だからカラスのような舟指が必要なのだ。仲間から孤立した、たっぷり銭を稼げる異能の舟指が。そしてその舟指は、いざとなったら簡単に切り捨てられる者でなくてはならなかった。

その日の昼間、太郎坊はやって来た。新宮ではなく本宮の方だ。昼間の本宮は「あのとき」と違って、人と荷、それに舟でごった返しており、カラスも雑踏のなかで忙しく立ち働いていた。

「おう、カラス」と、太郎坊は陽気に声をかけてきた。

「速玉大社まで頼むぜ」

「ハヤタマタイシャ？」

首をひねったカラスに、さすがの太郎坊もびっくりして返す。

「新宮のことじゃねぇか」

「ああ、そうなんですか」

とぼけた顔になったカラスが一瞥したのは、太郎坊の打刀だ。下緒が打刀の柄から外されていた。抜き打ちができるようになっていた。

一瞬のうちにカラスの身の毛がよだった。だが面には出さずに、気づかれぬようマホロシを手のひらに仕込む。さりげなく太郎坊を探れば、いつものように腹巻鎧をちらつかせており、顔面を狙うしかなかった。

周囲をうかがったところ、本宮の船着場では、顔見知りの舟指たちが、せわしなく積み荷の指図をしている。こちらに向けられた視線はない。

「草鞋（わらじ）の紐（ひも）がほどけかけているぜ」

太郎坊の声が聞こえた。眼だけを下に落としたところ、確かに紐が緩んでいた。カラスがしゃがみかける。

――これがこの世の見納めかもしれない。

恐怖に心が痺（しび）れながらも、相手を罠（わな）に落とし込むように、しゃがんでいった。

ふつう打刀の抜き打ちは、相手の眉間（みけん）を狙う。しゃがんだカラスの眉間が遠ざかっていった。

その様を太郎坊は、平然と見送っている。しゃがんだカラスが、ほどけた紐を結び直すように、盆の窪を太郎坊に向けた。

これがカラスの仕掛けた罠だとは気づかず、殺気を放った太郎坊の打刀が鞘走る。槍穂のような異形の刀身が現れ、真っ直ぐカラスの盆の窪を刺し通そうとする。

カラスの手は腰に差した刀にかからない。腹巻鎧で防御された胴ならば間に合うが、カラスは刀を抜こうとせず、握り拳で太郎坊の顔面を殴りつけたのだ。

殴ったって効かない、と見るや、握り拳から突き出た刃が、太郎坊の顔面を抉っていた。

打刀を突き下ろそうとした太郎坊が、その場にくずおれる、地べたに倒れた太郎坊は、もう息をしていなかった。

あたりが静まり返る。その場の舟指たちは、いま何が起きたか知ったが、決してこちらを見ようとはしなかった。

カラスが太郎坊の死体に一瞥をくれて、その場をあとにしようとする。一部始終を見届けたクマに気が付いた。

「わい、うまくやったのう」

カラスが捨て台詞を吐くと、舟指たちの間に隠れていたクマが、けろりとした顔で応じる。

「ありがとうございます。おれの代わりに太郎坊を始末してくれて」

「ふん、わいの代わりではないわい」

「それはそうと」

そそくさとクマがカラスの傍にやって来てささやいた。

「舟指殿、もう熊野には居られませんな」

「だから、どうした」

カラスが言い返したところ、クマはまじめくさった顔で答える。

「今後の舟指殿の身の振り方を、考えておきました」

なんと面憎い奴だろう、と舌打ちしたカラスへ、クマが言った。

「別当殿の九州下向に舟指殿を推薦しておきましたので」

そのクマを無視して、カラスは櫓を取った。手のひらには、まだマホロシが握られていた。そいつをクマに投げつけようとして止めた。

「九州まで持って行きなさるんで」

カラスは何とも答えなかったが、クマの推薦通りに九州へ下る以外の道はない。

太郎坊に手を下したのは、間違いなくカラスだった。

どうして西大寺の同宿たちが、カラスを見逃すだろう。必ずカラスの命を狙ってくる。太郎坊が西大寺を裏切っていようが裏切っていまいが、どちらでもいいのだ。同宿の悪僧たちにとって大事なのは、太郎坊殺害の下手人を自分たちの手で始末したか否かである。

本宮の船着場を去る間際に、カラスはクマに言い捨てた。

「悪止とやらの借銭、おれは払わんぞ」

「熊野衆の借銭を見逃すわけにはいきませんな」

それがクマの返事かと、櫓を握ったカラスが睨もうとした。だがクマの言葉には続きがあった。

「だが九州まで下っちまえば話は別です」

カラスは何とも答えず、櫓を突っ張って川の真ん中に乗り出したが、一人になるとつぶやいていた。

「これで最後だ。熊野川で櫓を漕ぐのも」

第二章　外海(そとうみ)へ

一

千鶴御曹司を奉じた小松法印は、熊野衆を率いて九州へと下った。

熊野から九州へは、太平洋航路を使う。太平洋航路というと、大航海時代を先取りしたような印象だが、じつのところ陸地にへばりついた沿岸航法だ。阿波土佐(あわとさ)の沖合――つまり太平洋――を航行しても、陸地の目印を確認できる位置から決して離れず、阿波土佐の港伝いに、そろそろ進んでいくのである。

阿波土佐の太平洋側には良港が多く、しかもそれらの港は人目に付きにくい。道すら付けられぬ山稜に囲まれ、港から港への移動手段も舟に限られている場合が多かった。

「表」にあたる瀬戸内海とは、まるで様相が違う。古来より経済の大動脈だった瀬戸内海は、人や荷の往来が激しく、此処を航行すれば、その動きは京都に筒抜けだった。

鎌倉幕府の討伐を受け、瀬戸内海から追い出されたことも、太平洋航路を開拓する機会の一つになったかもしれない。紀伊半島の海に出ていた熊野衆は経験的に黒潮を知っており、阿波土佐の太平洋岸にも近接していた。

こうして熊野衆は、武家方の眼をくらまして九州へ上陸したのだが、彼らを待っていたのは、南朝最後の砦だったはずの大宰府(だざいふ)の呆気(あっけ)ない陥落(かんらく)だった。陥落させたのは、言うまでもなく、武家方が九州探題に任じた今川了俊だ。

だから堂々と大宰府に入城するつもりだった熊野衆は、こそこそと潜伏するように肥前国の各所に散らばる。現地の南朝方の手引きで、ようやく鈴木刑部と再会した小松法印は、刑部の変わりように息を呑んだ。

あれから三十年近くも経っている。率いてきた熊野衆には、鈴木刑部が熊野を発ったとき、生まれていなかった者も多い。歳月のせいもあったに違いないが、それにしても刑部の打ちひしがれようはどうだろう。

鈴木刑部は小松法印から、千鶴御曹司を披露され、深々と一礼した。千鶴御曹司誕生を小松法印から聞かされると、これに祝意を述べる。そこまではよかったが、首座に千鶴御曹司の姿があるにもかかわらず、刑部は深々と溜息をついた。

「吉野(南朝)はもう終いじゃ」

すっかり歳を取って老け込んだ鈴木刑部が、愚痴(ぐち)っぽく小松法印へ熊野を発ってからの一部始終を語る。

熊野を発った鈴木刑部たちは、太平洋航路で南九州に上陸した。以前（一三三八年）に征西宮（懐良親王）を送り届けたときは、伊予国の海賊衆と気脈を通じ瀬戸内海を押し通ったのである。だがこのときは、敵（薩摩の島津氏）の不意を衝くべく、阿波土佐の太平洋側から忍び寄った。

奇襲は成功し、谷山で立ち往生していた征西宮を救い出して、肥後国の菊池一族のもとまで送り届けた。このとき、南朝の諸氏から乞われた鈴木刑部は、南朝軍の将の一人として征西宮に従い、とうとう十五年後に大宰府を奪取して、九州に南朝政権を立てた。

「そこまではよかった」

これは鈴木刑部の慨嘆である。

九州に南朝政権が樹立されても、すぐには武家方（北朝）も対応できなかった。だが京都周辺の面倒が片付くと、武家方は南朝退治に本腰を入れ始めた。

武家方で実権を握っていたのは、まだ幼君だった足利義満の後見役、細川頼之だ。その細川頼之が、南朝への刺客として九州に送り込んできたのが、今川了俊だった。

両者は京都と九州という遠隔の地に別れながら、じつによく連携が取れていた。中国方面軍を率いたこともある細川頼之は、西国の事情にも通じており、鍵を握っているのが周防国（山口県）の大内氏だと見抜き、その旨を今川了俊に通じる。すでに細川頼之の計らいで備後国の守護となって征伐軍を編成していた今川了俊は、大内義弘を懐柔して大内氏と縁戚関係になることに成功した。

　こうして万全の準備を整えて、今川了俊は九州に攻め込んできたのである。

「あっという間にやられちまったよ」

　自嘲に頬をゆがめた鈴木刑部が、かぶりを振った。

　豊後国で了俊に呼応する武家方が挙兵し、肥前国に回り込んだ今川仲秋（了俊の弟）、そして門司から大内氏の後援を受けた今川了俊の本隊、と三方から同時に攻め込む。大宰府の征西府は、たちまち九州の主権を今川了俊に奪い取られてしまった。

「今も征西宮（懐良親王）は、筑後国の辺におられるが、もはや大宰府を奪い返すことはできまい。残念ながら九州探題（今川了俊）の敵ではなかったようじゃ」

　なおも続く鈴木刑部の愚痴を遮った小松法印の眼が、この会見の場を用意した、精悍な面構えの武者に向く。

「貴殿は松浦衆と見たが」

「さようにございます」

この付近は松浦党が盤踞する地でもあったため、小松法印は見当を付けたのだが、はたしてその武者はうなずいてみせた。意気込んで小松法印が訊く。

「松浦衆ならば九州探題に一矢報いることもできると思うが」

すると話の腰を折られた鈴木刑部が、不機嫌に遮り返してきた。

「九州探題を甘く見ない方がいい」

鈴木刑部が投げつけるように小松法印へ言う。聞こえぬふりをした小松法印が視線を送ったのは、件の松浦衆だ。期待を籠めて件の松浦衆を見守ったが、彼から出てきたのは鈴木刑部を肯定する言葉だった。

「すでに松浦衆には九州探題の手が伸びております」

九州入りするさい、実弟で腹心の今川仲秋を肥前国から上陸させた今川了俊は、松浦党に手を打ってきていた。

松浦党に一揆を結ばせ、自分への忠誠を誓わせたのである。すでに漁場が形成され、漁師の定住が始まっていた。あちこちを流れ歩いて漁をされたのでは、とても跡を追い切れない。だが定住する者ならば容易に把握でき、一揆に縛り付けることもできる。今川了俊は、そうした世の動きにも敏感で、一揆を結ばせやすいと判断したのだろう。

松浦党には独立不羈の印象があるが、じつのところ彼らは頼朝公から下文を頂戴した御家人なみに権威に弱い。かつて九州に下ってきた足利尊氏が、多々良浜で菊池一族を中心とする南朝軍と戦ったことがあった。南朝方に属していた松浦党は、対峙する武家方から足利尊氏当人が進み出てくるや、たちまち降参して武家方に寝返ってしまったのである。

勘のいい今川了俊は、そういった松浦党の本性も見抜いていたのだろう。

「名をうかがいたい」と乞うた小松法印に対し、件の松浦衆は「松浦太郎保と申す」と名乗ったものの、彼から「九州探題（今川了俊）と一戦交える」との威勢のいい言葉は聞かれず、代わりに対馬へ逃れるよう勧められた。

「九州探題は征西宮に味方した方々への追及を強めております。いま申しました通り、松浦衆の大半が九州探題の支配下となったうえは、この付近も安住の地とは申せませんん」

「我らは九州に来着して早々、此処から叩きだされるわけか」

小松法印が悲しげに漏らす。一座を重苦しい気配が覆い、みなの視線が救いを求めるように、首座の千鶴御曹司に集まった。

「みなの者」

千鶴御曹司が呼ばわる。一座の者みな平伏した。小松法印と鈴木刑部も藁座を外して頭を低くする。松浦保も拝聴の姿勢を取った。

だが千鶴御曹司が向き合っていたのは、先の見えぬ虚空だ。だが千鶴御曹司は虚空を見据えたまま発した。

「対馬(つしま)が安住の地ならそれでよい。もし対馬が安住の地でないなら、他に安住の地を求めるまで」

託宣(たくせん)のように一座に響き、みな揃って千鶴御曹司を拝礼した。

二

九州へ下向した熊野衆は、席の温まる間もなく、対馬へ渡ることになった。

簡単に言うなよ、とカラスは舌打ちした。

現在の唐津(からつ)市付近の海岸から望むと、快晴ならば対馬まで目視できる。この付近を根城とする松浦党ならば、対馬への渡海も容易だろう。だが小松法印は、松浦党の手を借りずに対馬へ渡れ、と命じてきたのだ。

松浦党は首根っこを今川了俊に押さえられているから、と小松法印は言うのだが、代わりの渡海方法の指示はなかった。

松浦党の大半が、今川了俊に降伏してしまったことは、カラスも知っている。だが松浦党は寺社と同じで、みな揃って同じ方を向くなどありえない。内輪もめしているに違いなく、今川了俊に従ったのが主流派ならば、これと利害が合わない反主流派が必ずいる。熊野衆を手引きした松浦保という実例もあった。だが小松法印は、松浦党の誰かに舟を預けるのは危険と見たようだ。

——慎重なのはよいことだが、どうやって渡海すればいいんだ。

目視はできるが、目の前に広がっているのは玄海灘（げんかいなだ）だ。海に慣れた熊野衆といえども、玄海灘を知る者はいない。

——迂闊（うかつ）な熊野別当だ、小松法印は。熊野衆なら、どんな海でも簡単だと思っていやがる。

そうぼやいたカラスのもとへ、一人の若者がやって来た。カラスを一回り小さくしたような、敏捷そうな若者だった。年齢もカラスより、少し下なのかもしれない。

カラスがびっくりしたのは、その若者の人懐っこさだ。熊野川で長く舟指を務めたカラスだったが、他の舟指たちと打ち解けたことは一切ない。むかしからの因縁を引きずった他の舟指たちとカラスの間にあるのは、不信と憎悪だけであり、息詰まる沈黙からくる敵意が、両者を分け隔てていた。

わだかまった因縁など件の若者には関係ないことくらいカラスにも分かるが、相手から視線を外すことに慣れたカラスにとって、覗き込むように眼を見てくる件の若者は新鮮だった。

「おれたちに対馬への渡海は任せてください」と若者は胸を張ってみせるのである。

「わいらはいったい何者なのだ」

眼を丸くして問うカラスに対して、その若者は誇らしげに名乗る。

「おれたちも熊野衆です」

「どういうことだ？」

カラスは知らなかったが、かつて元寇(げんこう)のとき、熊野衆は博多で志賀島(しかのしま)の守備に就いたことがあった。弘安(こうあん)の役(えき)のおりだ。文永(ぶんえい)の役で博多に上陸したモンゴル軍だったが、弘安の役で再び来襲してみると、博多湾を囲むように防塁(ぼうるい)が築かれており、上陸を阻止されたモンゴル軍が代わりに襲ったのが志賀島だった。この攻撃で志賀島の熊野衆は全滅したと伝えられているが、いまカラスのもとへやって来た若者は、その末裔だという。

来襲したモンゴル軍の先鋒は、モンゴルでも中国でもなく、じつは高麗水軍だった。

「おれたちは百年間ずっと仇討(あだうち)の機会を狙っていたんですよ」

殲滅（せんめつ）された志賀島の熊野衆の仇（かたき）は高麗（当時の朝鮮半島の国号）だ。確かに対馬は朝鮮半島から近い。天候がよければ、対馬から朝鮮半島を望むこともできるという。

「しかし対馬まで行ったとしても、その先は分からんぞ」

首をひねったカラスへ、満面の笑みで件の若者は答える。

「近くまで行けば、機会も近くなります」

そう言い切った若者が、カラスに焦点を合わせて尋ねる。

「お名前をお聞きしてもいいですか。カラスとおっしゃる渾名しか聞いていませんので」

「名など、おれのような下人には意味がない。その渾名で十分だ」

カラスが渾名の由来となった黒い顔で答えると、件の若者も陽に灼けた顔をほころばせる。

「ならばおれは子ガラスですね」

釣り込まれたようにカラスも笑ってしまった。

こうして一行は、志賀島の熊野衆によって、対馬へと渡ることになった。鈴木刑部たちも同行する。くしくも熊野衆が集まったわけだが、ここで小松法印が一同を呼び集めた。

「御曹司の御指図である」と告げて、みなに梛の紋章が入った陣羽織を手渡す。梛は熊野の神の象徴だったが、集った熊野衆の団結を固める狙いだと、カラスは見当を付けた。本当に千鶴御曹司から出た指図なのか、小松法印の判断なのかまでは分からなかった。

陣羽織はカラスにも手渡された。舟指としての異能に期待してのことだろうが、陣羽織を手渡されたカラスは、小松法印にこう言った。

「履く物もいただけますか」

陣羽織を手渡した小松法印が、少し驚いた顔でカラスを見返す。

「おれ、熊野川の舟指だったんで」

言い切ったカラスに、小松法印は黙って草鞋を渡す。その遣り取りを、首座の千鶴御曹司が見守っていた。御曹司の視線が一瞬、陽に灼けたカラスの顔をとらえる。次の熊野衆が進み出ると、御曹司の視線も元に返った。

こうして熊野衆は海を渡る。まず壱岐島へ。志賀島の熊野衆が先導したが、玄海灘の荒波に翻弄され、やっとの思いでたどり着く。

熊野衆の舟は船底の尖った渡海用だったが、あまりに船体が小さく、みな青息吐息となった。

「ちょっと玄海灘をなめていたかな」

ようやく渡海の困難さに気づいた小松法印だったが、壱岐島から対馬まではもっと距離がある。

「対馬の東側と西側は海流の向きが逆です。しかも対馬の沿岸部が東西どちらの海流なのかは、近くまで行ってみないと分かりません」

そう志賀島の熊野衆が告げたのを、小松法印は渋い表情で聞く。

対馬の東側と西側できちんと海流が別れているわけではなく、東側であっても西側の海流が入り込んでいる場合があるという。二人の遣り取りを聞いていた千鶴御曹司が、カラスに声をかけた。

「予の乗船、そなたに任せよう」

カラスが畏(かしこ)まる。千鶴御曹司が決めたのだ。小松法印も黙って従う。

翌日、御座船の櫓を握ったカラスが、子ガラスの案内で海へ漕ぎ出す。海には慣れないはずなのに、カラスの漕ぐ御座船は、飛ぶように対馬に接近する。

「潮の流れが逆ですね」

海面に錘(おもり)を流していた子ガラスが、櫓を漕ぐカラスへ注意した。黙ってうなずいたカラスが、大きく迂回するように対馬の厳原(いずはら)港に入っていった。

「お見事！」

拍手しかねない勢いで、子ガラスがカラスの櫓さばきをもてはやす。面映ゆげにカラスは返した。

「増水した熊野川と同じだよ」

自然の猛威に逆らわないのがコツだと、カラスは言うのだ。ちょっとした隙を狙って、自然を騙すように櫓をさばくのが、荒海を乗り切るコツだと、カラスは子ガラスに語った。

三

神業（かみわざ）の持ち主と子ガラスに称賛されたカラスだったが、対馬まで漕ぎ切ることはできても、その先のことになると、まったくのお手上げである。対馬に着いた一行を待ち受けていたのは、思いもよらぬ先客たちだった。熊野衆と同様の旧南朝勢力が、今川了俊によって九州大宰府から叩きだされて、この対馬でひしめき合っていたのである。

熊野衆が対馬の様子にびっくりしていると、同じく今川了俊によって叩きだされた旧南朝勢力が、後から後からやって来た。

対馬は農耕に適さない地である。その対馬の人口が数倍に膨れ上がったものだから、たちまち食糧不足に陥った。

地元の有力国人、早田丹後が一行を迎えたが、明らかに迷惑そうな顔をしていた。辞去した早田丹後の後ろ姿を見送った鈴木刑部が、苦虫を噛み潰したように小松法印へささやく。

「さっさと厄介払いしたそうだったな」

鈴木刑部と同じ表情で小松法印もうなずかざるを得ない。そんな熊野衆のもとへ、先行していた松浦保がやって来た。

「対馬はご覧のようなありさまです」と、切り出す。

朝鮮半島に近い対馬は、半島貿易の拠点となっている。貿易は儲かった。その巨大な利益を狙って周防国の大内氏が、旧南朝勢力が押し寄せて混乱する対馬に介入してきていた。それだけではない。その大内氏と結ぶ九州探題（今川了俊）が、長く大宰府に君臨していた少弐氏を対馬へと追いやったことで、対馬の混乱に拍車をかけていた。

今川了俊が少弐氏惣領を暗殺した水島の変は、了俊の失策であると言われている。

そのせいで九州統一が遅れたからだが、少弐氏の握っていた外交権を得るためには、必要な手段だったともいえよう。

対馬へ追いやられた少弐氏が頼ったのは、対馬国の守護代として長く在地する宗氏だったが、その宗氏もまた九州探題から筑前守護をちらつかされ、どっちつかずの状態だった。

「この対馬では、まったく先が見通せず、居る意味がありません」

続く松浦保の断言を聞いた小松法印と鈴木刑部が、苦々しげにうなずく。

「御辺らはいかがするつもりじゃ」と、小松法印から問われた松浦保が返答した。

「我らは高麗まで渡るつもりです」

「さようか」

そう応じた小松法印は、あとの言葉を呑み込む。

――高麗へは何をしに行くつもりだ。

決まっている。盗賊をしに行くのだ。売る物がないのだから、密貿易のしようもない。松浦党なら、朝鮮半島沿岸部を襲うのも容易いだろう。

わざわざ松浦保がやって来たのは、熊野衆を誘うためだと、小松法印にも鈴木刑部にも分かった。

だが松浦保に率いられて対馬にやって来たのは、松浦党の一派にすぎず、その人数も浦々を身軽に移動できるほど少なかった。

「お誘いは有難いが」

小松法印が、松浦保にかぶりを振ってみせた。

熊野衆とは条件が違いすぎるのである。

「ならば、早田丹後に厄介者扱いされながら、この対馬に留まるつもりですか」

松浦保にそう問われ、小松法印が首座をうかがう。鈴木刑部も倣った。千鶴御曹司が松浦保へ答える。

「針の筵(むしろ)は対馬だけではあるまい」

四

熊野衆の未来が、この評定で決まる。

そう熊野衆は聞かされたはずだが、評定は何度も繰り返し開かれた。延引に次ぐ延引である。小松法印と鈴木刑部が鋭く対立しあったのが、その主な原因だ。

小松法印はあくまで九州征西府の再興にこだわり、鈴木刑部はこれを否定した。

「この対馬には、征西府与力の衆が大勢おる。それを忘れてはならない。征西宮も大宰府から退いたとはいえ、肥後国の菊池一族に奉じられてご健在じゃ。対馬の我らと肥後国の菊池一族で大宰府の九州探題を挟み撃ちすれば、どうして大宰府を奪回できぬことがあろうや。いま早田丹後は九州探題有利と見て、我らを邪魔者扱いしておるが、風向きが変わってみよ。たちまち手のひら返しして、我らの味方となるは必定」

熱弁をふるう小松法印に、鈴木刑部は反論する。

「法印殿の申されたことは、道理に似たりといえども、その方図にかなっておらぬ。法印殿はこの対馬の衆を束ねると当たり前のように申されるが、そもそも此処に集ってきたのは烏合の衆。しかも大内や九州探題の息がかかった連中も大勢紛れ込んでおる。法印殿は挟み撃ちだ、と威勢よく申されるが、我ら動き出したとたん、足元をすくわれて終わりじゃ。また法印殿は征西府の真の有様を、まったくご存知ない。だがわしは征西宮がまだ薩摩の谷山に御座あったときからお仕えしてきたのじゃ。以前も申したが、無念なことであっても、いま一度、申さねばなるまい」

皺の深くなった面相で、鈴木刑部はみなを睥睨する。一呼吸置いてから、みなの耳にねじ入れるように発した。

「征西宮は九州探題の敵ではない」

小松法印の策は机上の空論に過ぎない。実際に戦ったなら、征西宮（懐良親王）の南朝軍は、たちまち九州探題（今川了俊）の北朝軍に敗れるだろう、と鈴木刑部は主張するのだ。

長く征西府の軍将であった鈴木刑部の言葉には、説得力があった。しかも熊野衆が対馬で立ち往生している間に、水島の変があったにもかかわらず、今川了俊は南朝方をどんどん駆逐していっているのだ。

「現況を考えれば、周防国（大内氏）は当方に寝返るどころか、九州探題との協力関係を余計に強め、我らを悪党として排除することこそ、貿易の利便を図る方途と考えるであろう」

九州統一を図る今川了俊が巧みに利用しているのが、足利将軍家の権威である。自分は将軍ではないが、その代理として九州に赴任してきていると、事あるごとに吹聴していた。

大友氏（豊後国）も島津氏（薩摩国）も、了俊に対しては腹に一物持っているものの、両家とも、初代は「頼朝公御落胤（ごらくいん）」だと自称している。

だが熊野衆も、了俊にうまく操られる両家と変わらない。小松法印と鈴木刑部が揃って決断を仰いだのは、首座にある千鶴御曹司だった。

千鶴御曹司の眼が鈴木刑部を捉える。

「ならば我ら熊野の者は、いずこへ行けばよい」

鈴木刑部が畏まる。顔を上げると、御曹司へ決意を伝えた。

「高麗へ渡るべきかと」

「ならば松浦保と同じではないか」

「違います」

かぶりを振って鈴木刑部は力説する。

「松浦太郎のように盗むのではありません。高麗に新たな熊野の地を築くのです」

朝鮮半島南岸は紀伊半島と、地形が似ている。

「だが、それだけで」と、うずうずしていた小松法印が異を唱えた。

「異国への侵攻を企てるのは無茶だ」

「異国、と申されるが、かつてかの地には任那（みまな）という我らが同胞の国があり——」

「それは昔の話だ。いまとは事情が違いすぎる」

言い争う小松法印と鈴木刑部へ、腕組みした千鶴御曹司が耳を傾けている。

「やめよ」

千鶴御曹司が命じた。静まり返った一座に、御曹司の声が静かに響いた。

「法印の申す通り、異国への侵攻は無謀の至り。なれど、刑部の申した通り、引き返す道も閉ざされておる。我ら、先へ進む以外に道はあるまい」

「懼れながら」

進み出た小松法印を、ぴしゃりと御曹司は遮った。

「未練だぞ、法印」

千鶴御曹司の舌鋒が鋭くなる。

「もはや日本に我らの居場所はない。あの世にでも渡るか、法印」

小松法印が言葉に詰まって引き下がる。一座に向き直った千鶴御曹司の口調が、説き聞かせるように変わった。

「これは夢ではない。我らが目指すのは極楽浄土でもなければ補陀落浄土でもないのだ。みなには覚悟を求めざるを得ない。憎まれる覚悟だ。我らが新天地を求めて高麗の地へ渡るということは、元から高麗にいた民を追い出す結果となる。我らは彼らの安住の地を奪う侵略者なのだ。そう、高麗の民が唾棄する倭寇だ。その点を肝に銘じよ。この先は殺し殺されの救いなき修羅場となる。よいか、夢に逃げてはならぬ」

一同、粛然と首を垂れるなか、カラスの傍らで子ガラスが勢いよく立ち上がった。

「御曹司、一つ耳寄りな話がございます」

重い雰囲気を吹き飛ばす威勢のよい調子だ。

「申してみよ」

千鶴御曹司が末座近くの子ガラスへ眼を向ける。

「この対馬にはレケオ（琉球・琉球人）の船も来ております」

子ガラスに釣られたか、元の空気にかえった一座で、誰かが思い出したように声を上げる。

「ああ、あのでかい船か」

「高麗入りに必要なのは、なんと言っても銭」

資金調達はレケオからするしかない、と子ガラスは意見した。

「その方の申す通りだ。なれど、レケオとの交渉は誰がするのだ。よほど商売に慣れた者にしか任せられまい」

案じ顔になった千鶴御曹司へ、子ガラスの脇でカラスが手を挙げた。

「そなたがやるのか？」

「違います」

慌てて否定したカラスが、名を挙げたのはクマだった。

「ああ、あいつか」

うなった小松法印の表情が渋く変わる。小松法印も知っていた、クマのことを。

「あいつは信用できんなぁ」

小松法印の渋面へ、カラスが告げた。

「おれ、あいつにレケオへ売り飛ばされそうになりました」

「なんと！」

詳しく聞かせよ、と小松法印のみならず、鈴木刑部も、そして千鶴御曹司もカラスへ視線を集める。

カラスが語ったところによると――。

熊野とレケオとの交易路は、太平洋航路を通じて繋がっていた。日向国（宮崎県）には熊野の拠点が設けられていたが、此処の櫛間港がレケオ交易の基地となっていた。

いまもカラスはそのクマとの遣り取りを覚えている。確か雑談の合間だった。

「按司が難物ですからな」とクマが言ったのに対し、カラスは「アジ？」と間の抜けた声で返したのだ。

この何気ない会話で、カラスが按司すら知らず、レケオに何の知識もないと、クマに知られてしまった。その場は何食わぬ顔でやり過ごしたクマだったが、無知なカラスはいいカモだとほくそ笑んだに違いない。

「わいをレケオに叩き売ったなら、クマはなんで儲かるのだ？」

ふしぎそうに小松法印が尋ねる。彼もまたレケオの事情を知らなかった。

当時レケオは北山、中山、南山に別れて互いに覇を競っていた。互いに攻め込む隙をうかがっていたのである。

だがレケオの海はサンゴ礁に囲まれた遠浅であるため、奇襲がかけにくい。せっかく揃えた軍船も強襲上陸する前に、船底が閊えてしまい役に立たなかった。

――お誂え向きじゃないか。

この事情を知ったクマは、指を鳴らしたろう。

レケオに無知なカラスの腕は、レケオが求める軍事作戦にぴったりだった。舟指のカラスは、逆流も浅瀬ものともせずに漕ぎ切る腕の持ち主だ。きっと高く売れるだろう、とクマは算盤をはじいたに違いない。

「あぶないところでしたよ」

と、カラスは苦笑してみせる。

「あの野郎、五十貫文でどうだ、と抜かしやがるんでね」

五十貫文といえば大金だ。ずいぶん奮発したと言いたいところだが、カラスは無知でも勘は鋭い。カラスの鋭い勘を、クマは見くびっていたのか。おかしいと感じたカラスは、クマがレケオに百貫文の値でカラスを売ろうとしているのを探り出した。つまり仲介をしただけで、カラスの無知に付け込んで、半分の五十貫文を自分の懐に入れようとした。おまけにクマは危険な仕事であることを、カラスに隠していたのだ。

「わいは山椒大夫顔負けのアコギな野郎だな」

クマの胸ぐらをつかんだカラスは、それきり話を打ち切ったが、いま同じくらいアコギなレケオと渡り合わねばならなくなった。

「しかし、あやつ、此処までのこのことやってくるだろうか」

小松法印が疑わしげに首をひねる。クマが小松法印を買っていなかったのは、当時からなんとなく感じていた。だから九州下向に際しても、カラスを推薦しておいて、自身は逃げたのだろう。そのときは武芸がだめなクマなど戦力にならぬと感じて、好きにさせておいたが、今にして思えば、クマの見通しは正しかったことになる。彼ら熊野衆は、九州に留まることすらできず、対馬くんだりまで落ち延びていったのだから。

「いくさに巻き込まれぬと分かれば、クマはこの対馬にまでやって来ますよ」

カラスの言葉に、「なぜ、そう言える」と、小松法印が質す。

クマが熊野に残った理由は、小松法印ら上綱衆と全く違う視点で、熊野を見ていたからだ。鎌倉幕府に叩かれ続けた熊野は、倒幕を機に波に乗ろうとしたが、倒幕の立役者であったはずの後醍醐天皇、護良親王とののっぴきならぬ関係に引きずられて南朝方となり、新たな武家の支配者となった北朝（足利幕府）の手で、逆に息の根を止められようとしていた。

もう南朝は終いだ――は、熊野は終いだ、と同義だった。

だがクマは言うのである。「熊野が武家方に滅ぼされたとしても、あの雄大な絶景が消えるわけじゃない。他の場所では決して見られぬ絶景があるんだよ」と。他の者が「参詣客は頭打ちだ」と、クマの楽観を戒めたところ、ふてぶてしい笑みを浮かべてクマは反論してきた。

「みな忘れてやしないか、人の半分は女だということを、商売機会の半分が手つかずのまま残っているんだぜ。これを利用しない手があるか。しかも熊野は女人禁制じゃない。誰が決めたか知らんが有難いことだ、ナムアミダブツ」

この時代の娯楽は、男向けだったが、旅が好きなのは（遊覧を好むのは）女の方だ。だが、この時代の治安は悪く、女の一人旅など考えられなかった。うかつに綺麗な女が一人で出歩こうものなら、たちまちかどわかされてしまう。女を狙ったのは、不善の輩ばかりとは限らない。地元の名士であるはずの地頭でも、同じことをした。だが熊野には日本全土に支社があり、ここを宿泊施設にすれば、女でも安全な旅ができる。儲かると分かれば、支社も乗ってくるだろう、とクマは睨んでいた。

「クマの狙いは東国よりも西国です。今まで熊野の眼は東国に向いていたが、西国の方が人は多く豊かですから。だが西国から客を集めるとなれば、宿所や交通の便を自分の眼で確かめねばならない。それに掛かる銭は馬鹿にならず、その銭を対馬の熊野衆が持ってくれるとなれば、必ずクマは此処にやって来ます。ただし、法印殿の仰せの通り、クマは自分を呼ぼうとする熊野衆の真意を疑うでしょう、やつは警戒して、此処には来ないかもしれない。そんなやつの疑念を解くのは、御曹司の折紙(おりがみ)だけだと思います」

首座を仰ぐカラスに、千鶴御曹司は答えた。

「あい分かった。予の折紙を出そう」

五

レケオの方から、熊野衆に寄ってきた。クマの到着する前だ。どうもレケオは対馬中を回って、九州探題に悪党と決めつけられた旧南朝勢力から、高麗人を集めて回っているらしい。いま対馬にいる旧南朝方で最も勢力が大きいのは熊野衆であり、レケオの方から寄ってきたのだ。

——レケオは高麗人と引き換えに、唐糸をくれるらしいぞ。

との噂が広まり、事実と分かると、熊野衆は先を争って、捕虜として捕えた高麗人たちをレケオに引き渡した。

当たり前なら引き換えに渡されるのは高麗産の綿布である。いや綿布を要求しても、渋られることが多かった。綿布ですら人気が高く、なかなか手に入らないのに、中国産の唐糸となれば、この対馬では滅多に出回らない。

レケオは高麗人捕虜と引き換えに、唐糸を渡してくれるため、熊野衆はレケオの言いなりとなった。熊野からクマが対馬にやって来たのは、そんなおりだ。熊野衆とレケオの取引を知ったとたん、クマが舌打ちする。きょとんとした熊野衆に向かって、いきなりクマが説教を始めた。

「なぜレケオが唐糸を渡すのか、わいら、考えなかったのか」

面食らった様子で、熊野衆は小さな声になって反論する。

「なぜって……我らは御曹司の御指図に従って高麗入りの銭を、少しでも多く得ようとしたまで。唐糸の方が綿布より値が張るじゃろう。レケオが求めてきたのは、高麗人だったゆえ……まぁ、我らには他に売る物もないのだが」

　これを聞いて、クマはますます高飛車にわめいた。

「わいら、おれの問いに答えておらんぞ。なぜレケオが綿布で済むのに、わざわざ唐糸を渡してきたのか。おかしいと思わなかったのか」

「レケオが申すには、熊野衆は侮(あなど)れぬゆえ、格別に綿布ではなく唐糸を進呈する、と」

「そんな戯言(ざれごと)を信じたのか。レケオは此処に商売に来ておるのだ。慈悲を施しにやって来たわけではないぞ」

　熊野衆を叱りつけたクマが、じろりと見やったのは、カラスの顔だった。

「カラス」と呼びつけにする。以前のように「舟指殿」とへりくだったりはしない。

「おれと一緒に来い。レケオの所に行くぞ」

　クマの豹変(ひょうへん)ぶりに、カラスは、図に乗りやがって、と腹を立てたが、ここはクマに任せるしかない。素直にうなずいたカラスへ、なおもクマは嫌味を言った。

「わい、御曹司から片腕と恃(たの)まれていると聞いたが、このままじゃ先が思いやられるぞ」

　憮然とした面持ちのカラスは、「早く、レケオの所へ行こう」とだけ返す。

「レケオはジャンクという大型船で来ていると聞く。厳原（いずはら）にいるのか」

道中でクマが尋ねる。

「たぶん」

そう答えたカラスが「浅茅（あそう）湾かもしれん」と付け加える。

「どっちなんだ。厳原と浅茅じゃ全然方向が違うぞ」

「うるさいな」

がみがみ言ってくるクマの腹に、カラスが以前クマから受け取ったマホロシを突き付ける。静かになったクマとともに厳原港へ行くと、幸いなことに、ひときわ大きいレケオのジャンクが碇泊していた。

レケオのジャンク船長が姿を現す。麗々しく中国風の冕服（べんぷく）をまとったレケオが、中国皇帝から授かったという、片手では持ち上げられないほど重い印綬を仰々しく示した。

そこに「陳彦祥（ちんげんしょう）」と彫られていた。

「それがわたしの名前です」

レケオではサハチとかアウマリとかいった姓のない名が普通だ。

「その印綬に彫られた名も、大明（だいみん）の皇帝より頂戴したのですか」

クマが尋ねると、

「その通り」

陳彦祥と名乗るレケオは胸を張る。

「うらやましい」

すかさずクマが持ち上げた。

「畏(おそ)れ多くも大明の皇帝より名を頂戴できるとは」

「大明」とは「明(みん)」の尊称であり、当時の中国の国号だ。モンゴルを駆逐して中国を取り戻した漢民族が立てたばかりの国で、皇帝は初代の洪武(こうぶ)帝(朱元璋(しゅげんしょう))だった。

ようやく本題に入る。と、思ったが、いきなりクマがペコペコとし出した。

「いつもいつも我ら熊野衆に唐糸を分けてくださり有難うございます」

——話が違うぞ。

びっくりしてカラスはクマを振り返ったところ、すっかりクマは太鼓持ちになり切っていた。

今度はそのレケオが着ている冕服をほめそやす。

「いやいや立派な御姿で。大明の方と見間違ってしまいました」

しゃあしゃあとクマは言ってのけた。これを聞いたカラスが、その冕服を着たジャンク船長を、あらためて見やる。腹の底でつぶやかざるを得なかった。

――どこがだ。どう見てもレケオだろう。馬子にも衣裳、ならともかく。

だがクマの世辞は止まらない。とうとう晩餐に誘い出した。そこでとっちめるのかと思いきや、その場でもおべっかの連続である。

にぎやかな晩餐の場に、トリらしき甲高い鳴き声が遠くから飛び込んできた。

「何のトリかな?」

つぶやいたクマに、すっかり出来上がったジャンク船長が、あたり憚らぬ大声で言った。

「オオシマゼミみたいですな」

「オオシマゼミ?」

鸚鵡返ししたクマに、陳彦祥を名乗るジャンク船長が教えた。

「レケオにだけ生息するセミのことですよ」

「へぇ、レケオには、あんな鳴き声のセミがいるんですか」

感心したように返すクマへ、そのジャンク船長は満足げにうなずいてみせる。

こうして騒がしい晩餐は終わったが、そのレケオをジャンクに送り返したとたん、クマがカラスの袖を引いてささやく。

「おい、あのレケオは、中山から来たのではないな」

明との交易を独占しているのは、中山王だ。だからレケオから来たといえば、中山のジャンクに決まっていたが、これをクマは否定してみせた。

「ありゃ、北山から来たんだ。対明貿易で中山に差を付けられた北山が、なんとか遅れを取り戻そうと、中山王の名を騙ってこの対馬に姿を現したんだ」

「なぜ、あのレケオが北山から来たと分かった？」

「オオシマゼミだよ。あのレケオの船長、オオシマゼミを知っていたろう。あのヘンな鳴き声のセミは、確かにレケオのセミだ。でも棲んでいるのは北山と呼ばれる地域だけなんだ。中山にも南山にも全然いないんだよ」

「ふぅん」

気のない返事をしたカラスを見たクマが、舌を鳴らして非難に口をとがらせる。

「これぞ大きな商機だと分からんのか。あのレケオは唐糸を大盤振る舞いして、高麗人捕虜を集めていたんだぞ。あのレケオ、どうして対明貿易でしか手に入らぬ唐糸を、わいらに配るほど持っていたと思う。叩けばいろいろと出てくるんだぞ。あのレケオ」

熊野衆のもとへ戻ると、カラスの報告を聞いた小松法印がクマを呼んだ。

「その方、唐糸の件で、あのレケオを疑っておるそうだが、大明と交易できる中山からやって来たからこそ、あのレケオは唐糸で商売できるのではないか。ひねくって考えるべきではない。熊野の者どもを煽るその方の遣り口、感心せんな」

いかめしく小松法印が言い渡すと、クマのおどけたしぐさが返ってきた。

「法印殿、おれのやり方が気にいらんのなら、いつでも熊野へ帰りますぞ」

黙り込んだ小松法印へ、すかさずクマが追い打ちをかける。

「法印殿、忘れてはいませんか。中山以外にいま一つ大明と交易できるところを」

不審げに眉を上げた小松法印へ、ほくそ笑んだクマが畳みかけた。

「征西宮です。いまだ大宰府を掌握していたときに、大明へ臣従の使者を送ったはずです。これに応じて大明が冊封使を遣わしてみれば、早くも征西宮は今川了俊によって大宰府から叩きだされており、大明の冊封使は、新たに九州探題となった今川了俊に捕縛されてしまい申した。捕らえられた冊封使たちは京都に送られましたが、彼らが持参したはずの印綬や勘合符が行方知れずとなってしまい申した。いったい冊封使の持参した印綬と勘合符は、どこへ消えたんでしょうな」

いまだ小松法印には、クマの言う意味が分からない。鈍い奴だな、と言わんばかりにクマがだめを押した。

「征西宮とレケオ中山王のもとに赴いた明使は同じ人物です。確か楊載という者です。おそらくあの陳彦祥を名乗るレケオは、その楊載から今度の一件を聞き込んで明使の持参した征西宮への勘合符を手に入れ、日本国王の偽使に成りすましたのでしょう」

「わいの睨んだ通りかもしれん。だがあのレケオをとっちめるにはまだ証拠が足らんぞ」

脇から割り込んだカラスに向かって、クマが指を鳴らしてみせた。

「その通り。分かっているじゃないか、カラス」

そう囃してクマは小松法印へ向き直る。

「法印殿、これからレケオはあのでっかいジャンクで済州島に向かうそうです。大明が欲しがる軍馬を調達しに行くらしい。これを聞いてもおかしいと思うでしょ。もし中山のレケオだったなら、自分の所で調達すれば間に合うはずです。確かに済州島は馬産地ですが、中山じゃ耕地を潰す勢いで馬の放牧に励んでいるんですから。いま一つ、大明が欲しがっている硫黄ですが。あの陳彦祥を名乗るレケオが、薩摩国から硫黄を買い付ける噂を聞きました。これもおかしい。もし中山王から派遣されてきたレケオなら、硫黄島で取り放題のはずです。中山王にがっちり掌握された硫黄島に入れるのは、その認可を受けた者だけなんですよ」

操られたように小松法印が、クマにうなずき返す。「クマに任せる」と言ってしまった。その言葉尻をとらえてクマが要求してきた。

「おれに任せるなら、代わりに九州各国より檀那売券を集めてもらえますか」

クマに乗せられた小松法印が、つい承知してしまう。檀那売券とは熊野信徒を一括する権利で、これがあれば熊野信徒を自在に掌握できる。簡単に入手できるものではないはずなのに、小松法印は各国の檀那売券を持つ者に、クマを推薦する紹介状を書く羽目に陥ってしまった。

小松法印の紹介状を九州各国の檀那売券保持者に届けるのは、熊野衆の役割である。いま対馬に追いやられた熊野衆が九州探題制圧下の各国で動くのは容易ではなく、九州で交易に従事し地元に縁のある子ガラスたちの助けを借りつつ、難渋しながら檀那売券を集めていった。

「あの貧弱なくせに陽に灼けた糞野郎、とんだ疫病神だ。おれたちにまで面倒を掛けやがって」と、熊野衆は口々にクマをこき下ろしたが、クマはどこ吹く風に見えた。

だが気にしたそぶりも見せぬクマは、注意深く熊野衆の様子を探っていたようだ。カラスのもとにやって来ると、いきなりこう告げた。

「おい、明日、レケオのジャンクが出るぞ、わい、一緒に乗り組むんだ。同行はわい

「の弟分だけでいい」

「弟分とは子ガラスのことか」

「そうだ」

それだけ告げると、クマはそそくさと立ち去っていった。子ガラスに知らせようとしたカラスが、思い返したようにつぶやく。

「どうも、あいつに乗せられているのは法印殿だけではないようだ」

クマが熊野衆との摩擦を避けるため対馬から立ち去ろうとしているのは明白だったが、かといって済州島へ行かぬわけにはいかなかった。済州島は熊野衆が軍馬を調達できる唯一の地だった。まさかお尋ね者扱いされている熊野衆が、九州探題や北朝(武家方)に軍馬の調達を依頼するわけにはいかない。

高麗入りには千頭を超える軍馬が要る、と告げたのは千鶴御曹司である。これを聞いて熊野衆は、事態の容易ならぬことを知った。千頭を超える軍馬を率いるとなれば、もはや沿岸部を荒らす倭寇規模ではない。

国に攻め入る一軍だった。高麗に熊野の新天地を築くとは、そういうことなのだ、と千鶴御曹司は教えていた。

済州島に向かうカラスは、熊野にいた頃、口癖(くちぐせ)のように語っていた。おれは根無し草だ、と。

だがカラスは、その言葉の持つ真の意味も知らずに、軽々しく使っていたらしい。根無し草とは、個人の境遇を指すものだと思っていた。だが、今では熊野衆そのものが根無し草だった。

これは応える。

だが、はたして千鶴御曹司は。

――おれとは比べものにならないだろう。

カラスには千鶴御曹司の重圧は分からない。だが御曹司の存在が、カラスの気を楽にしているのは確かだった。

六

クマが子ガラスを同行者に指名したのには、子ガラスが済州島に渡った経験があったためもある。

「あんた、済州島に渡ったことがないのか」

逆に子ガラスがクマに訊き返した。

「おれの地元は熊野だ。弟分みたいに博多が地元のやつとは違う」

クマはいつまでも子ガラスを「弟分」と呼んだ。子ガラスが不快そうに鼻に皺を寄せて返す。

「おれの兄貴分はあんたじゃない」

そう抗議されても、馬耳東風にクマは尋ねる。

「ところで弟分、済州島へ交易に渡ってきた中国の海商を残らず教えてくれ。おれはそいつらの誰かから、冊封使が征西宮に授けるはずだった勘合符(かんごうふ)が宙に浮いてしまったことを、あのレケオは聞き込んだんじゃないかと思っているんだ」

黙り込んだ子ガラスが、カラスに眼で問う。カラスが子ガラスをうながした。

「教えてやってくれ。クマがうまく突き止められれば、あのレケオが日本国王の偽使に成りすました証拠を握れるんだ。そうすれば――」

「あのレケオの尻尾をつかんで、高麗人捕虜と引き換えの唐糸を、まっとうな値に引き上げてやれる。わいら、あのレケオに騙され買いたたかれていたんだぞ。それに気づかず唐糸を分けてくれると喜んでいたわいらは、間抜けと言うも愚(おろ)かのお人よしだ」

また子ガラスは、ひそかにムッとした顔をしたが、カラスは気づかず、ふと思い出したようにクマに尋ねた。

「あのレケオ、確か『陳彦祥』と彫られた印綬を見せただろう。ありゃ、なんと読むんだ？」

「さぁ」とクマも首をひねった。

『陳』はたぶん『チェン』だろうな。本人も分かっていなかったりして。ハハハ」

笑い話では済まなかったかもしれないが、クマは腕組みして続けた。

「なぜ高麗が自国の捕虜を割高な銭を払って戻し始めたかといえば、（宗主国の）明に仁政を命じられたからだ。いまの高麗は明に絶対服従だからな。それを嗅ぎつけた、あの読み方は分からんが、陳彦祥を名乗るレケオが、対馬くんだりまでやって来たというわけだ。レケオは人身売買には詳しいよ。レケオの那覇には大きな市場がある。そこでシャムやルソンに転売していたが、それより高麗に戻したほうが、ずっと儲かるんで、日本国王の偽使として大明の下賜品として頂戴した唐糸で、対馬でも商売を始めたんだ」

「レケオはわいみたいに商売熱心だな」

「アコギと言いたいんだろう」

まぜっかえしたクマが真顔に返って、カラスに尋ねる。

「わい、千頭の馬を用意せよ、と御曹司から命じられたと聞く。済州島でも千頭は難しいぞ。わい、それだけの銭を持っているのか」

痛いところを衝かれて、カラスは曖昧に口ごもった。

「わいらの考えていることはすぐに分かる。盗めばいい、と高を括っているんだろう」

眼をそらせたカラスを、クマが説教する。

「今は信用が大事だと分からんか。稼ぐ道はあるぞ。もっと高麗人を捕まえればいいんだ。高麗の朝廷が高く買い取ってくれるぜ。あの陳彦祥とかいうレケオも大喜びだ。きっと唐糸を奮発してくれるぞ」

「わい、どっちの味方だ。レケオか、それとも熊野衆か」

カラスの難詰に、クマは明快に答える。

「おれは銭の味方だ」

「そうか……」

毒気を抜かれたようにカラスは黙り込む。

「一つ、言っとかなきゃならん」

クマがカラスに注意をうながした。

「軍馬に要る銭、足りない分は、おれが貸すぜ」

渋い表情でカラスは溜息をつく。

――また、こいつに借りるのかよ。

だがクマはアコギでも機転が利いた。カラスは思案したあげく、あたりを憚る小声をクマに向けた。

「じつは必要なのは軍馬だけじゃない。ジャンク――もだ」

カラスが異様な眼ざしで、いま乗っているジャンクを見回し始めたため、クマもすぐにカラスの狙いに気づいた。

「やめておけ」

クマがたしなめる。

「たぶんこのジャンクは、大明より貸与されたものだ。あのレケオの持ち船じゃない。わいだって圧倒的な大国の明を敵に回したくはなかろう」

「分かったよ。だがジャンクはどうする」

「造らせればいいさ。たぶんレケオは、どうやってジャンクを造ればいいのか、明から教えられている」

レケオは海禁政策を取る明に代わって、海外交易を請け負っていた。明のような大国はいかに海禁政策が国是であろうとも、海外からの交易品が必要だ。中国（明）、日本、南アジアの中間地点に位置するレケオは、むかしから中継貿易で栄えており、これに眼を付けた中国が、海禁政策で身動きが取れぬ自国に代わって、レケオに海外交易をさせた。

中国に代わっての海外交易は、レケオにとっても願ったりかなったりだった。朝貢貿易しか認めぬ中国（明）へ毎年のように朝貢船が送る権利を与えられ、各国が欲しがる中国の産品（唐糸など）がふんだんに入手できるばかりでなく、中国からはジャンクを貸与され、交易方法やジャンクの造船方法まで中国人から伝授された。

「だからあのレケオの来た北山は、中山が独占する権利を崩そうと必死なんだろうな」

潮風に吹かれながらそう言ったクマが、説教臭くカラスに続ける。

「わい、あの弟分と一緒にしっかりジャンクの操船法を学んどけよ。わいら、レケオで一隻ジャンクを拵えたなら、それをまた済州島まで回航する仕事があるぞ」

「ああ、忘れてはおらん」

カラスは答えたが、腹の中で吐き捨てていた。

——ちぇ、偉そうに。

万事に付けて態度が気に障るクマだったが、済州島に到着すると、陳彦祥を名乗るレケオに来日した冊封使の情報を教えた中国人海商の名を、たちまち突き止めた。

間もなくして、済州島に上陸したカラスのもとにやって来たクマが、恩着せがましく告げた。

「あのレケオ、わいらに渡す唐糸を見直すそうだ。わいらに代わって、このおれが交渉してやったぞ」

クマは正確な引渡価格も教えたが、そういった点でカラスはあやふやだった。またもやクマの嫌味が降ってくる。

「わいら、そんなザマだから、あのレケオに舐められるんだよ」

しかめっ面になったカラスだったが、ここは反論の余地がない。

「そいじゃ、おれは失礼するぜ」

元気よく言って、クマは立ち去ろうとする。たぶん筑前か周防への便船を見つけたのだろう。このまま熊野へ帰るつもりだ。素早く消えるつもりだったが、カラスの方がもっと素早かった。クマの行く手に立ちふさがる。気づくと背後が子ガラスにふさがれていた。

「まぁ、そんなに慌てなさんな」

カラスの威圧から逃れようと後ずさったところを、背後から子ガラスに押し戻される。がっちりクマを捕まえたカラスが、妙に優しい声で言った。

「なかなか済州島にまで来れんぞ。ゆっくりしていけや」

カラスが、広々とした丘陵の方へ顎をしゃくってみせる。海のすぐ傍まで迫った丘陵に、草をはむ馬の点在する光景が望めた。

「この済州島は、わいが教えてくれた通り、高麗朝廷の眼が届きにくい場所だ。おおっぴらに馬の値を交渉できるぞ」

カラスは軍馬の調達をクマにさせるつもりだ。及び腰でクマは、逃げ口上を打つ。

「待て待て、早まるな。軍馬の買い付けはいいとして、わい、どうやって千頭を超える軍馬を運ぶつもりだ。あのでかいジャンクでも、とうてい乗り切らんぞ」

クマがかなたに碇泊するジャンクめがけて指を差す。遠くに見える港には数多の船々が浮かんでいたが、此処まで来たジャンクは聳えるように大きい。他の船々が豆粒のようなのに対し、ここからでもあのジャンクなら船容をつかめる。

「それよ、それ」

カラスが手を打った。

「来るとき、あのジャンクがどうやって馬を載せているのか見学したが、とても上甲板だけでは足りぬな。なんとか下の甲板に馬を載せる工夫が必要なのだが、そのためにもわいの知恵が必要だ」

「お門違いだよ」

クマは弱々しく抗議したが、カラスは聞く耳持たない。

「レケオはこの済州島へ明に上納する軍馬の調達に来たんだろ。古くから交易に来ていて、慣れているらしいな。ここはうまくレケオに便乗しなければならんところだが、おれたちじゃ、かえって邪魔者扱いだ。なにせ同じく軍馬の調達に来ているんだからな。競合相手もいいところだ。でもあのレケオの尻尾をつかんだわいなら、うまく捗る。助かるよ」

カラスの意外なふてぶてしさに虚を衝かれたクマだったが、すっかり腹を括って開き直る。

「おれは端からわいらとレケオまで行くつもりだったんだよ。わいら、大事なことを忘れとるぞ。わいらは、このままでは高麗入りできん。ちゃんと耳を揃えて借銭を払ってからでないとな。それには銭になる高麗人を捕らえて、あのレケオに唐糸と交換してもらわにゃならん。それと、わい、あのレケオの尻尾をつかんだと言っていたが、まだ足りんよ。あのレケオが明に奉った文書を執筆したやつをつかまなきゃ。それには博多の聖福寺に立ち寄る必要がある。あそこには明への外交文書を書きなれた禅僧が大勢いるからな。あそこに行けば、あのレケオに頼まれて明への文書を書いたのが誰かもつかめる。それと——南下して薩摩国に立ち寄る必要もある。薩摩国でジャンクの船材を調達しなければならん」

「博多に立ち寄るのは承知した。というより、わざわざ頼まんでも、あのレケオ、博多に立ち寄るぞ。軍馬と硫黄を大明に献納して、たっぷり見返りをもらった後だがな。博多は船来品を満載したジャンクは大歓迎なのだそうな。だからわいもあのレケオにあやしまれることなく博多には上陸できる」

「そいつは助かる。博多（聖福寺）への上陸は、あのレケオの首を絞めるためだからな。あのレケオにこっちの狙いを気づかせず、やつの商売っ気に紛らわせることができるのは好都合だ」

「それと薩摩国か……薩摩国は船材が豊富で値も安いと聞いているが、なんで船材に掛かる銭を、こっちで出さねばならんのだ。あのレケオを絞れば船材に掛かる銭も出てくるだろう」

カラスがそう言うと、クマは溜息をつきながらかぶりを振った。

「わいには人の心というものが、まるで分かっとらん。あのレケオを舐めない方がいい。やり過ぎてみろ、我らみなこの広い海のどこかに沈められて終いだぞ。わいはあの太郎坊を始末したように、命の遣り取りには慣れておるのだろうが、四六時中気を張っておるわけにもいかんだろ」

「そうだな」

カラスは太郎坊との経緯を忘れたような顔をして、素直にうなずいた。

「それに、船材の銭をこちらで持てば、向こうの気も和らぐ。ジャンクの造船技術を持っているのはレケオだということを忘れちゃいかんぞ。もし奴らを怒らせれば、必ずジャンクの造船に手を抜かれる。わい、御曹司をそんな欠陥船にお乗せしていいのか」

またクマの説教が始まったが、おとなしくカラスは聞く。

「わいら武断の者は、敵味方をはっきりさせたがる。あのレケオを敵だと決めつけるのは感心せんな。向こうにも敵か味方かはっきりせんな、といった感じで焦点を絞らせないことが大切なんだよ」

「なるほどな」

カラスの眼光が鋭くなったため、クマはぎくりとする。注意深くカラスの表情をうかがったところ、微笑を湛えたカラスの視線はクマから離れようとはしない。

「いいことを教えてくれた、クマ。これでわいが敵か味方か分からん理由がはっきりしたぞ」

七

鄭和の大航海でも分かる通り、中国は古くから外洋を横断する技術を持っていた。外洋の荒波に負けない大型のジャンクしかり、指南針（羅針盤）しかり。おそらく四分儀を使ったような天測航法も知っていただろう。

これに対して日本は、いまだ沿岸航法だった。山や岬を目印にしながらの航法だ。目印がない外洋に出てしまうと、お手上げだ。

この時代から二百年後の文禄慶長の役でも、事情は同じだったのかもしれない。玄海灘を望む肥前国の名護屋城（豊臣秀吉に率いられた日本軍の出撃拠点）からは、壱岐はもちろん対馬まで目視できた。文禄慶長の役の狙いが、あくまで中国（明）であったことを考えれば、壱岐対馬を介して朝鮮半島経由で中国を目指した日本の作戦は、当時の航海技術を反映していたのかもしれない。

だが同じ時代に中国の武装海商として知られた王直が、外洋の東シナ海を自在に横断していたことを考えれば、両国の航海技術の差を想像できよう。

済州島からレケオへの航海も、東シナ海を南下しなければならず、沿岸航法しか知らぬ日本人には難しかった。レケオが済州島へ交易に来られるのも、おそらく中国の技術伝授のおかげだろう。

陳彦祥を名乗るレケオの中国（明）への尊敬ぶりもすさまじく、うっかり「明」と「大」を付け忘れて呼ぼうものなら、本気で怒りだした。

厄介なレケオだ、とカラスも子ガラスも手を焼いたが、クマはカラスたちとは全然違った。陳彦祥を名乗るレケオを脅しているのはクマのはずなのに、嫌われることなく憎まれることなく人間関係を築いていた。

――調子のいい奴だなぁ。

ジャンクの舵や帆を調べながらも、カラスは舌を巻く。だがカラスたちが舵や帆を調べられるのも、クマのおかげだった。もしクマがあのレケオと良好な人間関係を築いていなかったなら、カラスも子ガラスも、ジャンクの舵や帆に触ることもできなかったろう。

そのカラスのもとに、子ガラスがやって来る。

「このジャンクの船倉を調べたんですがね」と、子ガラスは報告しに来たのだ。

「ジャンクの船倉は十にも十二にも分かれています。それぞれの区画の密封具合は完全で、これならその一つから浸水しても他は無事で、沈没を防げるようになっています」

「そりゃ、すごいな」

「でも、そこに——下の甲板に馬を載せるのは無理ですね。あそこに馬を詰め込んだなら、みな窒息しちまいますよ」

「なら、上の甲板を改造して載せる馬の数を増やすしかあるまい。上の甲板の荷を下の甲板に移すことは可能か？」

「それは難しくありません。この船なら難しいですが、おれたちは交易品を満載する必要もないんで」

「そうだな。でも、短艇は逆に増やす必要がある。それは大丈夫か」

「その工夫には船を建造するレケオだか中国人だかの知恵を借りなきゃなりません」

博多を経由したレケオのジャンクは、南下して薩摩国の山川に寄港する。此処で、博多で売却した船荷の代わりに船材を積んだが、クマは船材費だけでなく此処からレケオまでの運送費も払ったようだ。ようだ、というのは、財布はしっかりクマに握られていたからである。

むろん、カラスも子ガラスも異は唱えない。この船に便乗できたのも、レケオでジャンクを建造できるのも、クマのおかげだった。

博多に上陸したクマは、聖福寺でレケオのために外交文書をしたためたのが誰なのか、簡単に突き止めた。じつのところカラスは書いた者を特定するのは難しいと危ぶんでいたのだが「日本国王の偽使の悪だくみに加担する奴だと九州探題に訴えるぞ」とでも聖福寺を脅したのか、すぐに突き止めてしまった。

レケオに偽の国書を渡したのは、聖福寺とも関わりのある高麗出身の僧侶らしい。名は忘れてしまったが、その高麗人僧侶は高麗への侵入を非難するどころか「もっと高麗人をさらって帰還事業をさかんにしてくれ」と尻を叩いてきたそうだ。

これで陳彦祥を名乗るレケオが、日本国王の偽使であった罪状は明白となったが、そのレケオは誰に咎められることもなく、またそれを突き止めたクマと仲たがいすることもなく、悠々とレケオに到着した。

そのレケオのジャンクが入ったのは、今帰仁の運天港だ。今帰仁は北山にあったが、すでにそのレケオが中山から来たのではないとバレているのだから堂々としたものだ。

今帰仁城の高台から周囲を見渡したカラスが「なるほど」と苦笑する。大型のジャンクが入れるのは運天の港だけで、他はサンゴ礁に囲まれている浅瀬ばかりだ。

——クマの野郎、このレケオの地形を知っていて、熊野川の瀬に慣れたおれを、レケオに売っぱらおうとしやがったんだな。

せっかく今帰仁まで来たのだから、クマがレケオの嘘を見破るきっかけとなったオオシマゼミの鳴き声を聞こうとしたが、季節外れのせいでセミは鳴いていなかった。

造船は運天港で行う。陳彦祥を名乗るレケオも、熊野衆の狙いが自分の乗船でないと分かると、造船に協力してくれた。レケオも中国人も同じ身なりで、初めは両者の区別がつかなかったが、どうやら中国人の監督の下でレケオが働いているらしい。

初めカラスの耳には、レケオの喋る言葉が中国か朝鮮のそれのように聞こえたが、発音が耳慣れるにつれて何を喋っているのか分かるようになってきた。たとえばレケオたちは、侍（サムライ）を「サムレー」と発音するのだ。

大掛かりな足場を組んだ造船所では、船底まで確かめられる。二重に分厚い板をめぐらした船底は、波切を良くし安定を保つためにV字型となっている。外洋の荒波に耐える構造だったが、カラスは乗り慣れた熊野川の舟と比べざるを得ない。

造船所にやって来た子ガラスが、レケオの船大工たちに鉄釘を配っていた。木釘の方が船大工たちも扱いなれていたが、鉄釘を使った方が頑丈に造れ、完成までの期間も短縮される。

「急ぐんだよ」

子ガラスの声が聞こえた。

――レケオの鉄は割高なはずだが。

カラスは眉をひそめる。子ガラスを呼び止めようとしたが、このような点はクマに尋ねた方が早い。クマに会わねばなるまいと思っていたところ、向こうの方からやって来た。なんだか水みたいな液体の入った瓶を抱えて。

鉄釘の件について尋ねようとしたところ、瓶を振りかざすクマが勿体ぶって言った。

「これはレケオの酒だ。他じゃ滅多に手に入らぬぞ」

「ふぅん」

あまり酒が好きではないカラスが、気のない返事をする。

「わい、熊野にいたときから、あまり酒をたしなまんじゃったの。それは不意を打たれたときの用心のためか」

クマはその水にしか見えぬレケオの酒を、ちびちびと舐めだした。

「ほんとうに不意を打たれれば、酒気を帯びていようが帯びていまいが、お陀仏なことに変わりはないよ」

冷静に応じたカラスだったが、水みたいに見える液体を貧乏くさく舐めるクマを、目の前で眺めるうち、だんだん苛々してきた。

「ケチくせぇ野郎だな」

いきなりクマの瓶を奪い取ったカラスが、その瓶から直にがぶがぶとあおる。

「あっ、こらっ」

びっくりしたクマが、止めようとして、思わず腰を浮かせた。眼を白黒とさせているカラスに、しゃがれ声を上げた。

「そいつは酒だぞ。水とは違うって言ったじゃないか」

むせかえっているカラスが、情けない声で応じる。

「こいつは酒でもねぇ」

「酒だよ。なんでもシャムあたりから伝わったというレケオの酒だ」

まだ日本では誰も知らぬ頃に、レケオには蒸留酒が伝わっていた。レケオの蒸留酒（おそらく泡盛（あわもり）の原型）の洗礼を浴びたカラスは、這う這うの体となって、肝心の鉄釘の件をすっかり失念してしまったが、鉄釘は安く入手できる内地であらかじめ仕入れておき、割高であるうえに粗悪な品も交（ま）じっているレケオの鉄製品は使わなかったとのこと――これは子ガラスが代わりに聞いて、カラスに伝えた。

八

レケオには伝説がある。源氏の伝説だ。レケオの王だった舜天は、源為朝の子だという伝説だった。

源為朝は頼朝や鳥居禅尼と同じ源氏一族であり、その剛勇ぶりは天下に轟いていたが、保元の乱で敗れた。その源為朝が配流先の伊豆大島からレケオに逃れたさい、最初に上陸したのが運天の港だったという。

このため運天港には記念の石碑が立ち、今帰仁城に祀られているのは源為朝だった。

「此処まで来られたのは、おれの才覚だけじゃないぜ」

クマがカラスに漏らしたことがあったが、それは源氏を信仰するレケオが、熊野衆が同じ源氏の血筋を奉じていたためである。

だからカラスと子ガラスは、今帰仁城に奉納されていた「八幡大菩薩」の大旗を譲り受けることもできた。

「八幡大菩薩とは応神天皇のことだが、その母である神功皇后といえば、応神天皇を身ごもったままの三韓征伐だ。これから高麗を目指そうという御曹司と熊野衆には、うってつけの吉兆じゃないか」

　すらすらと語ったクマは、新造した大型ジャンクで済州島に帰る途中、五島列島に立ち寄ったさい、煙のように消えてしまった。血相を変えた子ガラスが注進してきたが、カラスにはクマが雲隠れした理由の見当がついた。

「ここまでだろ、クマの仕事は。この先の荒事はおれたちに任せた、ということだ」

「任せられてたまるもんですか。あの野郎、檀那売券を寄越せ、とか、御曹司の折紙でなきゃだめだとか、我らの弱味に付け込んで好き放題ぬかしやがって。あいつ、御曹司の折紙ならこの先の儲けも確実に受け取れると踏んで、この先の修羅場をおれたちに押し付けて逃げやがったんだ。なんて恥知らずの野郎だ。修羅場だけ人に押し付けておいて、その修羅場で血を流した儲けは、まんまとせしめようっていうんだからな」

「子ガラス、わいはあのクマを信用していたのか」

　虚を衝かれたように黙った子ガラスが、カラスの表情を探り見る。しばらくしてから問うた。

「兄者はどうなんですか」

「クマは銭の味方だよ。あのジャンクに便乗できてレケオに行けたのも、レケオで新しいジャンクを建造できたのも、クマが銭の味方だったからだ」

クマは煙のように消えてしまったが、新造したジャンクの水夫たちは、そのまま残っていた。レケオで雇った彼らと交わした契約は現金払いで、御曹司の折紙をせしめたクマと違って、彼らは済州島まで行くよりなかったため、船の運航に差し支えはなかった。

五島列島の福江(ふくえ)島に寄港したジャンクは、奈留(なる)島にも立ち寄った。奈留島に立ち寄ったのは天候が悪かったための偶然だったが、此処でカラスたちは当地の奈留久(ひさし)に迎えられる。

奈留氏は五島列島にまで進出した松浦党の一員であり、出迎えを受けたカラスは、奈留久の顔が陽に灼けて黒いのに、ちょっと驚いた。

カラスと同じく黒い顔をした奈留久は、下人のカラスの出迎えも丁重だった。

――対馬の早田丹後とはえらい違いだ。

早田氏も松浦党の一員だと言われているが、顔を白塗りして高貴を気取っているのは、早田丹後だけではない。鈴木刑部も、そして小松法印も同じだった。

陽に灼けた黒い顔を蔑まれないと分かったカラスは、奈留久に尋ねてみる。

「この島は古来より、中国へ向けての出発港と聞いておりますが」

「そうです」

包み隠さず奈留久はうなずいた。

「ならば、この島には中国の造船法や航海法も伝わっておるのでは」

意気込んでカラスが質したところ、

「そうです」

拍子抜けするほどあっさり奈留久はうなずいた。じつはカラスが千鶴御曹司から命じられていることが、いま一つあった。大型ジャンクを、もう一隻入手できないか、という難問だった。

大型ジャンクは中国直伝の技術が要る上に、建造費も莫大だ。船材が豊富で建造費も割安な熊野にいると簡単に船が造れてしまうように錯覚してしまうが、大型ジャンクとなると話は別なのである。

だからレケオでも一隻建造するのがやっとだった。いや、一隻建造できただけでも、上出来だったといえよう。

とても二隻までは——と、千鶴御曹司に報告したところで、恥にはなるまいと思っていたカラスだが、奈留久の態度を見て、聞いてみる気になった。「奈留島で大型ジャンクは造れますか」と。

このカラスの問いに対し、ちょっと考えたように、奈留久が逆に問い返してきた。

「奈留の港に碇泊したジャンクをご覧になりましたか」

「ええ」

カラスはうなずく。奈留の港には、レケオで建造したのと同じくらい大きなジャンクが碇泊していた。

明から来たジャンクかな、と感じたので印象に残っている。

「あのジャンク、差し上げます」

「今なんと申された」

思わず聞き返してしまったカラスへ、奈留久は繰り返す。

「あのジャンク、差し上げます」

びっくりしたカラスへ付け加えた。

「御曹司と熊野衆は高麗入りするやに聞いております。我らをそのお供に付け加えてくださるなら、その手土産として、あのジャンクを差し上げることにいたします」

「なれど松浦衆の大半が九州探題に従ったとのこと」

「その通りです。だが我ら奈留の者が、松浦衆が九州探題に結ばされた大一揆に加わる義理はござらん」

「おっしゃる通りなのですが……」

松浦党のような武士団は、常に風を読んで、どちらが強いか嗅ぎつける。その感覚の鋭さは、彼らが生業(なりわい)としている海賊稼業の風読みに負けないくらいだった。

安定したかに見えた征西宮（懐良親王）の南朝政権は、本気を出した武家方（北朝）の今川了俊に、たちまち大宰府を奪い返されて、肥後国の山奥まで没落してしまった。

――どちらが強いかは明白じゃないか。

カラスのみならず熊野衆でも、たいていそう思う。日本に居場所をなくしたからこそ、熊野衆は高麗に新天地を求めようというのだ。

その雲をつかむような高麗入りに、現実味を与えているのは千鶴御曹司の存在である。もし御曹司がいなかったなら、いったい誰が高麗に新天地を求めようなどと考えるだろうか。

「我らとて熊野衆と同じです」

淡々と奈留久は言った。黙ってカラスはうなずく。おそらく奈留衆の事情は、熊野衆と同じなのであろう。彼らが松浦党のなかの反主流派なのは間違いなかった。

「では奈留殿、御曹司に目通りめされよ」

カラスの返事はそれだけだったが、奈留久が大型ジャンクを進呈してくれることによって、カラスの手に負えなかった問題を解決してくれたのである。その御礼の意味をこめて、奈留久に八幡大菩薩の大旗を披露した。

「これがレケオに伝わった八幡大菩薩の御旗ですか」

実物を眼にした奈留久の感激ぶりは、カラスの予想を超えていた。

「かつて九州入りした等持院殿（足利尊氏）が鎮西八郎殿（源為朝）を祀られたさい、等持院殿はこれなる御旗がないことを、大変に嘆かれたと聞いております」

足利尊氏は自身を源為朝の末裔と信じていた。九州入りした尊氏は、その名（源為朝の通称である鎮西八郎の鎮西は九州のこと）にゆかりの地で、直系の子孫として源為朝を祀ったのだ。

一三三六年の出来事である。このときの足利尊氏の行動は、九州落ちと呼ばれ、京都付近で南朝方と合戦して敗れたという。だが敗れて九州に落ちたはずの足利尊氏は、半年足らずで京都を奪い返している。九州と京都を往復するのでさえ時間が掛かるのに、その間に多々良浜、湊川という大会戦を二度も戦っていた。どう考えても敗軍の将が復活するには早すぎる。おそらく尊氏の目的は九州中国への親征だったのだろう。

足利尊氏が九州落ちしたさい、湊川で敗死する楠木正成が後醍醐天皇に対し、「今が尊氏と和睦する好機です」と進言したという。

これは『太平記』に載っている説話だが、此処に足利尊氏と後醍醐天皇の関係が端的に示されている。当時の天下を支えていた武士たちの主人は、あくまで足利尊氏であって、後醍醐天皇ではなかった。武士たちには主人が要るのである。鎌倉幕府を滅ぼしたのは、主人を拒否したのではなく、北条氏を拒否したに過ぎない。こののちも数百年、足利幕府から徳川幕府へと、武士たちが主人を戴く世が続くのである。

武士たちが主人と認めたのが足利尊氏だった。足利尊氏こそが源頼朝の継承者を名乗れる唯一の人物だった。武家の棟梁といえば源氏。源氏といえば頼朝。武士たちの先祖は氏神であり、その大元締めと言える存在が源頼朝だった。だから島津氏も大友氏も、頼朝公御落胤の末裔を称するのである。

足利尊氏には一つの過去があった。足利氏ほんらいの嫡子は足利高義であって、もし高義が無事だったなら、尊氏は足利氏すら継承できなかった、と。

この事実は現代では尊氏の権威を損ねるものとして語られるが、当時の武士たちの考え方はまるで違った。

足利高義が若死して、尊氏が跡を継いだのを天運の大きさと見たのである。天の思し召しが尊氏にあったからこそ、そうなったのだと、恐れ入ったのだ。

足利氏が鎌倉幕府滅亡まで続いたのも天運だった。武家が天下を決めた初めての合戦である保元の乱で、勝利した後白河天皇方の武士は、平清盛、源義朝（頼朝の父）、そして足利義康だった。平清盛も源義朝も跡が絶えており、この時代まで続いていたのは足利氏のみである。

正しいから続いた、のではなく、続いたから正しい——のだ。

だから続いた足利氏の跡取りとなった足利尊氏には、源頼朝の後継者を名乗る資格があった。この世で源頼朝の後継者を名乗る資格があったのは、足利尊氏ただ一人なのだ。

「等持院殿（足利尊氏）はそれにふさわしい武将ぶりであったと聞いております」

八幡大菩薩の御旗を拝んだ奈留久が漏らす。多々良浜の合戦のさい、奈留久の父か祖父は、いくさ場で尊氏の姿を望見したのかもしれない。

この合戦で征西宮方だった松浦党は、足利尊氏の姿を目の当たりにするや、たちまち寝返って尊氏方になってしまった。

足利尊氏は合戦に臨めば無敵だったという。尊氏の強さの秘密はこれだ。対峙する敵軍の先頭に足利尊氏がいるのを知ったとたん、みな恐れて弓を伏せてしまうのだから負けようがない。

「なれど熊野の御曹司は本朝の外に出ようとしておられる。等持院殿の神通力すら通じぬ異国に」

八幡大菩薩の大旗を仰いでいた奈留久の視線が、カラスをとらえる。無言でカラスも同意した。

厳しい戦いになる、と覚悟したが、そこにたどり着く前に、大きな試練が待ち構えているとは——カラスは己れの覚悟がいかに甘かったかを思い知らされる羽目に陥ろうとは——夢にも思わなかった。

九

対馬に戻ると聞いたとき、カラスが思い出したのは、あの早田丹後だった。

また邪魔者扱いされるぞ、とうんざりしたが、対馬で待っていたのは、あの陳彦祥を名乗るレケオだった。

陳彦祥を名乗るレケオが、これまでの経緯を忘れたような笑顔で、熊野衆の後方支援は引き受けたと請け負う。

つまり唐糸の引渡価格はクマとの約束を守るから、もっと金になる高麗人を大勢さらってこい、という意味だ。

レケオで建造したジャンクの借銭もそのままになっていた。

「クマのやつ、造船費用を誰が持つか曖昧にしたままトンズラしやがりましたね」

子ガラスが悔しそうに舌打ちする。

「まぁ、クマは自分で借銭をかぶるお人よしではないわな」

カラスが子ガラスの肩を叩いてなだめる。

「クマもあのレケオもアコギなのは間違いないが、あやつらがいなけりゃ、おれたちの高麗入りも成り立たん」

博多からこの対馬まで食糧を運んできたのも、あのレケオだ。九州探題の眼がある博多に、どうして征西宮方だった熊野衆が入れようか。

対馬は済州島よりも朝鮮半島に近い。快晴ならば、海の彼方に高麗の地を目視できる。そこに忍び入って人さらいをするつもりだと分かっていた。

分かっていたはずだったが、軽く考えていたのか。

対馬から朝鮮半島は行きやすい。忍び込みやすい、と言った方が適切か。

朝鮮半島南岸に近接した加徳(かとく)島まで行けば、侵入先を簡単に物色できる。この島から朝鮮半島南岸に接近したカラスは、偵察のために合浦に入った。

合浦に侵入したカラスが、舟上で合図の光を放ったところ、暗闇の向こうからカラスの合図に応える光が返ってきた。

光を返してきた案内人兼通訳のレケオが、せかせかとカラスの舟に近寄ってくる。

「これから合浦の節度営に行きます」と、事も無げに言った。カラスは危ぶんだが、案内人兼通訳のレケオは「二人だけで大丈夫です」と請け合うのだ。

そのレケオはあの陳彦祥の手下である。陳彦祥はそこまで高麗の事情通になっていた。カラスがそのレケオを信用したのは、ここでカラスたちを売るより、カラスたちを助けた方が、ずっと儲かると分かっていたからである。

ふとカラスは、早田丹後の顔を思い出す。予想に反して、早田丹後はニコニコと熊野衆を迎えた。陳彦祥が大量の食糧を運んできたからである。

闇に紛れて二人が上陸すると、陳彦祥から派遣されたレケオがカラスに言った。

「この服を着てください」

そのレケオが差し出したのは、高麗風俗の衣裳である。これから合浦の節度営へ入るのだが、その支度というわけだ。

カラスには、中国と朝鮮の違いも分からない。大陸風に見える袍や袴を言われるがまま身に着け、そのレケオのあとに続く。

節度営の門をくぐるときは、さすがに緊張した。赤々と篝火が焚かれた軍門には、いかめしく武装した門衛まで立っていたのだ。

だがそのレケオは、門衛とも知り合いらしく、何やら冗談を飛ばして、さっさと門内に入ってしまった。あとに続く高麗服姿のカラスも、何ら咎められなかった。

門内には軍営が建ち並んでおり、迷いそうだったが、そのレケオは慣れた様子で、目的の軍営に入る。入る前に、そのレケオがカラスにささやいた。

「節度営内の様子をよく覚えておかれることです」

表情を引き締めたカラスの腕をなれなれしく叩いて、そのレケオが目指す軍営の戸を叩く。中から姿を現したのは、副官らしき軍人だった。来訪はあらかじめ通じてあったらしく、段取りよく奥へと案内される。

待っていたのは池深の弟を名乗る高麗人だ。池深は高麗の軍将だったが、上司から敗戦の責任を負わされ処刑されていた。池深が責任を転嫁されたのは、倭寇の襲来を防ぎきれなかった合戦だったが、池深の弟を名乗る高麗人は、カラスたちへこう吐き捨てた。

「倭寇の方が、この国の元帥たちより、よほどマシです。倭寇たちは戦っているが、この国の元帥たちは逃げ回っているのです。その恥ずべき行動を、口先だけの都堂のお偉方が正当化する。まったく腐っていますよ、この国は」

祖国を裏切って倭寇に味方する高麗人は、池深の弟だけではない。だからカラスたちは、節度営の奥深くまで入れるのだが、池深の弟は、この節度営の内情から、高麗軍の兵器に至るまで、洗いざらい語った。

「高麗の刀は短く、御国のような利剣でもない。弓矢も同様です。射程は短く威力も御国の弓矢に及ばない。ああ、でも、焙烙（ほうろく）という火薬兵器は使っています。気を付けた方がいいですよ。投げつけるのです。手で投げるので、遠くには飛ばないが、威力はあります。中に仕込んだ釘などが凶器となって飛び散りますから、近くにいたんじゃ無事では済まない」

レケオに通訳された内部情報を、しっかりとカラスは耳に留める。これで任務が終わったと安堵したのも束の間、節度営の軍門を出たところで、いきなり何者かに行く手を塞（ふさ）がれた。

カラスに緊張が走る。真っ先にうかがったのは、一緒に軍営の門を出た事情通のレケオだ。そのレケオのびっくりした表情を見取ると、素早く眼を転じて行く手を塞いできた連中を探った。

こちらの警戒を察したか、頭目らしき者が、他の連中を退かせる。何か言ったようだが、レケオが通訳だと見当を付けたらしく、彼に向かって何事か説明し始めた。

節度営で通訳を務めたレケオの表情が和らいでいく。やがて全てを了解したのか、そのレケオは頭目らしき者へ顎をしゃくって、その正体をカラスに教えた。

「才人(さいじん)です」

才人の稼業は仮面芝居であり、高麗社会の不穏分子だった。いまは芝居の仮面は付けていないのに、カラスに一礼した顔は仮面のようである。

才人たちを目の当たりにしても、おびえた態度を見せなかったカラスに好感を持ったのか、頭目らしき者が何かを話しかける。

「熊野衆の高麗入りに便乗して自分たちも蜂起(ほうき)するが、そのさいに倭寇の名を使わせてほしい、と申しております」

横合いからレケオが通訳する。すぐにカラスは応じた。

「名を使うのは構わないが、代わりに一つ教えてほしい」

「何なりと」

レケオの通訳を受けた才人の頭が、無表情に笑った。仮面の奥で眼だけが光ったような塩梅だ。

カラスが才人の頭に尋ねる。

「この合浦に、がめつい レケオでも喜びそうな身代金を払える裕福な家はどれほどあるのか。また、その家の目星の付け方は？」

「がめつい」に反応したレケオだったが、平然とそのまま通訳する。すると才人の頭は、また無表情に笑った。

「ならば道々に目印として松明を掲げておきますので、その目印に従って進んでいただければ、目指す裕福な家に着けるようにしておきます」

有難いが、と眉に唾を付けかけたカラスへ、割り込むようにレケオが言った。

「大丈夫です。信用できますよ」

カラスもレケオに倣う。その才人の頭の手を取って「頼みます」と答えた。

——きちんと正確に報告しなければ。

カラスは身が引き締まる思いで、才人の申し出を反芻（はんすう）したが、気持ちは楽だった。最後の判断は、千鶴御曹司に任せればよかったからだ。

十

合浦を襲うと知って勇躍したのは、子ガラスだ。元寇から百年を経て、とうとう合浦へ侵攻し返す日がやって来るのだ。

先の元寇で志賀島の熊野衆を全滅させたモンゴル軍の進発基地だったのが合浦だ。日本に侵攻するモンゴル軍に協力し兵備を調えたのが、合浦の高麗人たちである。志賀島を守備していた熊野衆の末裔である子ガラスが、高麗と合浦への復讐を忘れるはずがなかった。

子ガラスはカラスとともに加徳島から、夜陰に紛れて何度も合浦に忍び入った。合浦の街を探り、あの才人が教えた場所に、裕福と思われる邸宅があることも確認した。節度営の軍門内の様子は、あの池深の弟にいま一度、連絡を取るのは危険すぎるため、その後の確認はしていないが、あのレケオの案内で一度門内へ入り込んだカラスが、軍営内の詳細な見取り図を作成していた。

準備が整ったカラスたちが、千鶴御曹司にお伺いを立てる。御曹司の言葉は託宣に似て、発せられた瞬間に、熊野衆はみなひれ伏すのである。

すでに千鶴御曹司への拝謁を済ませ、この場に連なっていた奈留久がカラスへささやく。

「それがしが直に等持院殿に目通りしたわけではありませんが」

と、前置きして続けた。

「御曹司に拝謁してみると、父祖から伝え聞いた等持院殿の御姿が、ありありと浮かんでまいりました。やはり源氏の御血筋ですな」

「松浦衆の奈留殿の御言葉、きっと熊野衆も喜びましょう」

そうカラスは答えていたが、合浦を襲うことが決まったこの日の会合の終わり際、カラスを呼び止めた者があった。

鈴木刑部である。

「熊野の役に立ちたい」

そう刑部は参戦を志願した。

カラスは鈴木刑部との縁が薄い。刑部が熊野を出たのは、カラスが生まれるずっと前であったし、名門出身の煙たい老人という認識しかなかった。面と向かって話すのも、おそらく初めてだろう。

だが「熊野の役に立ちたい」という鈴木刑部の肉声は、カラスに新鮮な印象を与えた。

カラスが熊野衆の九州下向に従ったのは、熊野にいられなくなったからであり、どさくさに紛れてクマの推薦に乗ったからでもある。いつ生まれたのかも知らぬカラスは、熊野の生まれですらなく、下人の舟指として過ごした熊野に、何らの愛着もない。

——千鶴御曹司に惹かれて。

カラスが思い出したのは、いつも熊野の海で見ていた水平線だ。

――あの水平線の彼方に何があるのか。

それはカラスの夢だ。その夢に導いてくれるのが千鶴御曹司だった。だが鈴木刑部は違う。誰かに頼らぬ己れ自身の想いを持っていた。

黙り込んだカラスへ、ちょっと刑部が笑った。

「その方、わしにしゃしゃり出てこられたら、迷惑なのであろう」

初めて見せた、刑部のおどけ貌(がお)であった。

「いえ、さようなことは」

口を濁したカラスへ、刑部は呵呵大笑(かかたいしょう)した。

「隠さずともよい。御曹司からも『カラスの邪魔にならぬように』と釘を刺されたわ」

刑部の率直な態度が、カラスにその肉声をまたよみがえらせる。

――熊野の役に立ちたい。

カラスには理解できないことであった。だがカラスの黒い顔を軽蔑(けいべつ)する鈴木刑部の、別の一面を垣間見た気がした。

カラスは全く知らぬ、鈴木刑部の三十年にわたるいくさの日々に思い至った。

——異国に熊野の新天地を求めるしかない。

最初に言ったのは鈴木刑部だった。

そう断言するまでの葛藤の日々を、カラスは全く知らないのだ。

「わしをその方のいくさに加えてくれ」

深々と頭を下げた刑部を、カラスは暗澹たる気持ちで見守った。

十一

その夜、合浦に面した鎮海湾で鬨の声が上がった。

倭寇の襲撃だ、と節度営から高麗軍が出撃する。夜闇の鎮海湾に、数多の松明の火が揺れている。

高麗方の兵船が、先頭の熊野衆の兵船に肉薄する。簡単に接近を許した、と思った高麗兵船は熊手を投げかけ先頭の熊野兵船を拿捕すると、合図を高麗方の指揮船に送った。でかした、と船首にそれと分かる灯を掲げた指揮船がおびき寄せられた。

そう、これは熊野方が仕掛けた罠だったのである。

高麗水軍の指揮官が、何事か叫ぶ。たぶん捕らえたと思った熊野兵船の倭寇たちを捕縛せよ、と叫んでいるのだろう。

誰も動かない。聞こえなかったかと、いま一度、叫ぼうとして、舟を漕ぐ水夫たちの顔が、どれも見たことがないのに気づいた。

気づいたときはもう遅い。指揮船の水夫に成りすました熊野衆が、その指揮官に足払いを食わせて海へ放り込んだ。これを合図に水夫に化けた熊野衆が、一斉に高麗兵に襲いかかり、手際よく海へ叩き込む。たちまち高麗方の指揮船を乗っ取ってしまった。

先頭の熊野兵船を捕獲したと思っている高麗兵船は、踵を接しながら、暗闇のこととて、味方の指揮船で何が起きたのか分からない。

沈黙してしまった指揮船に戸惑った一瞬の隙を衝いて、捕らえたと思った熊野兵船からカラスを先頭に、一団が大太刀を振りかざして躍り込んでくる。

機先を制された高麗方は、自分たちが熊手をかけて熊野兵船を拘束したことを忘れて、距離を取ろうと櫓に取りつく。力いっぱい漕いだはいいが、襲ってくる熊野兵船を引き込むような動きになってしまった。

焦った高麗方は、ようやく熊手が熊野兵船に掛かったままなのに気づき熊手を取り外そうとしたが、手間取っている間に、一人残らず斬り伏せられてしまった。

先頭きって進んできた高麗方の兵船は、二艘とも熊野方に乗っ取られる。指揮船があらぬ方に進みだすと、あとに続く高麗兵船も、熊野方に進路を開けるとも知らず、指揮船の灯に誘導されていった。

残る一艘は、行きと変わらぬ様子で、合浦の港へ戻っていく。港に備える高麗方も、帰ってきたのは高麗兵船であり、味方の船だと勘違いして、すっかり油断してしまった。

この乗っ取った高麗兵船に乗っていたのは、子ガラスを含むカラス一党だった。子ガラスは朝鮮語が少し使える。

港に備える高麗兵に何事か声をかけると、その高麗兵は少しも疑わずに、カラスたちが乗っ取った高麗兵船を浜辺に引き上げる手伝いまでした。

「ご苦労さん」

不意にその高麗兵の耳元で、はっきりと日本語が響く。いぶかしげに振り返った先に、大太刀を肩にかけたカラスが迫っていた。高麗兵の恐怖の叫びが、急に断ち切られる。眼にも止まらぬ早業で仕留めた子ガラスが、手にした短刀を器用に回して、ニッコリとカラスに告げた。

「仇を討てました。でも、やっと一人めですよ」

「何人くらい討ったなら、志賀島の仇を討ったことになるんだ」

「分かりません。おれだけの気持ちじゃないですよ」

子ガラスが背後に続く仲間の船を見やる。子ガラスの合図を受けて、どの船も火を灯していた。カラスが探したのは、別の船である。鈴木刑部が郎等を率いて乗り組んだ船だ。歴戦のはずなのに、刑部船は足手まといだった。

面倒を掛けやがって、と舌打ちしたカラスが、行く手を見やる。

「呑気なもんだな」

カラスが子ガラスの尻を押した。作戦を決行する、の意味だ。

まだ海浜に備える高麗軍は、熊野方が上陸したことを知らない。カラスに向かって指を鳴らした子ガラスが、真っ暗な浜辺を迷いなく走った。これまでに何度もカラスとともに下見した子ガラスは、このあたりの地形を頭に入れている。

複雑に湾入した沿岸は、森林に覆われた高台が迫っており、その向こうに合浦の街があった。

志賀島の仲間を連れた子ガラスが、高台の森林に分け入って、突然の鬨の声を上げる。港を警備する高麗軍は、いつの間にか倭寇たちが上陸していたことに恐慌状態となって、あたふたと鬨の声が上がった方へ駆けつける。

これで合浦の街を狙うカラスたちの、行く手を塞ぐ高麗軍が消えた。素早く合浦の街へ侵入したカラスに、港の高麗軍を撒いた子ガラスが追いつく。息も切らさずカラスに告げた。

「兄者は金持ち野郎の家を襲ってください。節度営の占領をおれが引き受けます」

「だが、そなた、節度営に入ったことがないだろう」

気づかわしげに応じたカラスへ、

「兄者の見取り図がありますから」と、子ガラスは胸を叩いて請け合う。

「応援を付けよう」

そのカラスの言葉に反応して、いかめしく大鎧を身に着けた鈴木刑部が、ゼイゼイいいながら進み出てきた。

「わしが参ろう」

鈴木刑部の申し出は、カラスにも断りにくい。

「ならば、頼みます」

奥歯にものが挟まったような言い方だった。大丈夫かな、とカラスは危惧したが、子ガラスの方がカラスよりも、よほど愛想がいい。

「刑部殿、我ら元寇のおりに志賀島を守った熊野衆の末裔にございます。よろしゅう御導きを」

　すらすらと言ってのけた。カラスも他のことに気をまわしている場合ではなく、自身に大仕事が待ち受けており、子ガラスと鈴木刑部をその場に残して先を急ぐ。

　合浦の街は家屋が密集し路地が入り組んでいたが、約束通りの松明が掲げてあった。最初の松明から二番目の松明が見通せるようになっており、これを目印として滞りなく目的地へたどり着けるようになっていた。

　目指す家宅は、あらかじめ下見を済ませてある。広々とした家宅に到着したカラスは、裏門の位置も把握しており、そこを塞いだうえで表門から押し入った。

　家宅から悲鳴が巻き起こって召使いたちが逃げ出す。目指す標的は此処の家刀自(いえとじ)だ。裕福な家の夫人から、最も高い身代金が取れるのである。

　先頭で踏み込んだカラスが、大太刀を短刀に代えて、片っ端から家捜しし始める。

「誰か松明を持ってこい」

　カラスが怒鳴った。

　悲鳴が飛び交い、召使いたちが逃げ惑ったが、カラスは其方には眼もくれない。裏門に網を張った者たちにも、召使いたちは見逃せ、と伝えてあった。

　家刀自と召使いでは身なりが違いすぎる。不意を襲われたのだから、召使いの恰好に身をやつして落ち延びる暇などなかった。

かえって召使いたちが逃げてくれた方が、家宅から混乱混雑が消えて、標的の家刀自を探しやすい。押し入った部屋の隅々まで松明の火で照らしながら、カラスは節度営の方へ逃げる召使いの叫び声を聞いた。

——節度営に助けを求めたって無駄だ。

その頃節度営では、押し寄せた子ガラスたちが、高麗兵の攻撃に撃退されたふりで退いて節度営から高麗兵をおびき出し、残らず節度営の軍兵が出払ったところへ、鈴木刑部の別働隊が攻め込んで占領した。

節度営の高麗兵が出払ってしまうように仕向けたのは、池深の弟である。

節度営からの助けが来ないのを見計らって、カラスは腰を据えて標的の家刀自を探し始めた。幸い召使いたちは逃げ落ちてしまったので、邪魔が入ることもない。とはいえ、あまりのんびりもしていられない。こちらは節度営の高麗軍を殲滅したわけではない。兵数は向こうの方が多いのだから、撒かれて四散した高麗軍が再び一つになって逆襲に転じてくれれば、面倒なことになる。

「早いとこ、獲物を狩って退散しなければ」

ブツブツ独語するカラスが、ケモノのような吐息を漏らした。部屋部屋の調度類を蹴り倒して、隠れ潜んでいる者がいないか、眼を皿のようにする。

「見つけたぞ」と思ったら、逃げ遅れた召使いの一人だった。襟首をつかんで引きずり出したカラスが、その召使いに松明を突き付け念のために確認して舌打ちする。

次の部屋へ押し入ろうとして、ふと天井に気が付いた。

「おい、誰か梯子を持ってこい」

梯子が運ばれると、カラスは「梯子を押さえていろ」と言って、注意深く梯子を上り、そこの天井板を刀の柄で思い切り跳ね上げる。

思った通り天井板が外れた。屋根裏に入り込んだカラスが、周囲の気配を探る。真っ暗だったが、立ち上がれる高さがある。じわじわと進んで、目星をつけた場所まで来ると、いきなり松明の火をそこへ突き付けた。

火明かりに浮かび上がったのは、恐怖に顔を引き攣らせた三十くらいの婦人だった。

「家刀自におわすな」

カラスが発したのは日本語だったが、高麗人の彼女にも通じたであろう。痺れたように動けぬ彼女を引きずり出そうとしたときだ。いきなり小さい影がカラスに躍りかかってきた。鋭い叫びが上がって、彼女が小さい影を庇おうとする。

咄嗟にカラスは、躍りかかってきた小さい影を払った。小さい影は他愛もなく転がり、カラスは彼女が自分の幼い息子を隠しておいたのだと察した。

カラスが幼童(ようどう)を無視して、婦人を連行しようとする。転がされた幼童が、遮二無二(しゃにむに)カラスに殴りかかってきた。カラスが邪険に払うと、再び他愛もなく転がる。

追いすがる幼童を無視して、カラスは抵抗する婦人を隠れ場所から引っ張り出す。明かりが漏れ出ている天井板が外されたあたりまで婦人を引きずってきたカラスの手に、今度は鋭い痛みが走った。追いすがってきた幼童に嚙みつかれたのだ。

カッとなったカラスが、松明を投げ捨て短刀を抜く。幼童を刺そうとして、短刀を握った腕にしがみつかれた。連行しようとした婦人だ。我が子を守ろうとした婦人の凄まじい形相が、外された天井板から漏れ出る光を浴びて、カラスの心を冷えさせた。

カラスは短刀を鞘に納めて松明を拾うと、「火事になるところだった」とつぶやき、婦人を天井の下で待ち受ける熊野衆に引き渡すと、無表情のまま嚙みついてきた幼童をみたび転がした。

「退散だ」

身代金となる婦人をさらったカラスは、途中で子ガラスと合流し、合浦の街から立ち去ろうとする。

暗い港で、カラスは苛々(いらいら)と待った。

――集合場所は知っているはずだ。

鈴木刑部の郎等たちも三々五々集まってきている。

――何をしていやがるんだ。

カラスは誰もいない海に向かって毒づいた。

いまは静まり返っているが、間もなくして追手の高麗軍が駆けつけるだろう。

「刑部殿はいかがされた」

刑部の郎等たちに尋ねてみたが、みな首をひねるばかりだ。

鈴木刑部の一軍は、節度営の占拠に向かった。子ガラスたちに高麗兵がおびき出されたあとの節度営は、もぬけの殻だ。カラスたちの仕事が済むまで節度営を占拠していればよく、だから刑部の郎等たちも呑気な顔をして帰ってきた。

「様子を見てくる」

カラスが一同に言い捨てると、

「兄者、これを持っていってくれ」

子ガラスが龕灯を差し出した。

カラスが足元を照らしつつ、暗い街路を用心しながら進む。いまだ合浦の街は騒然とした雰囲気だった。カラスたちの鮮やかな攻撃についてこられない様子がありありとうかがえたが、いまはそんなことに満足している場合ではない。

「あのジジイ、手間を取らせやがって。どこで油を売っているんだ。あの気取ったジジイ」

刑部を罵倒しながら、カラスは節度営の前まで来た。

此処まで来ても見当たらない。舌を鳴らしたカラスは引き返そうとして、暗い軍門に何か掛かっているのに気が付いた。

眼を細めたカラスに緊張が走る。

「首だ」

掛かっていたのは人の首だった。

カラスが慎重に左右をうかがう。待ち伏せの影がないのを見取ってから、誰の首か確かめる。確かめる前から分かっていたのかもしれない。

鈴木刑部の首だった。

取り返すには、節度営の門内に入るしかない。ふと、カラスの脳裏に池深の弟が浮かんだ。確証はない。確証は何もないが、池深の弟が浮かんだのだ。

もしカラスの勘が当たっていたなら、門内は極めて危険だ。カラスは刑部の一族でも郎等でもなく、首を取り返さねばならぬ義理はない。

それでも鈴木刑部の首を奪い返そうと決めたのは、己れの腕試しのためだったのか。一命を賭けるほどの大事でないのは、分かっている。分かっているが、やってみたかった。幸いカラスは節度営に入ったことがあるうえに、営内の見取り図は頭に入っていた。

カラスは裏門に回る。龕灯なので、相手に動きを悟られる恐れはない。思った通り、裏門には門衛もおらず、カラスは簡単に門内に入り込めた。

門内では所々に松明が明々と燃え、軍営からは高麗兵の殺気だった声が聞こえてきたが、カラスは楽々と通り抜ける。途中で脚付きの皿に盛られた焙烙(ほうろく)を見つけ、「ありがとよ」と焙烙を一つ失敬して先を急ぐ。

刑部の首が掛けられた表門の内には、睨んだ通り、あちこちの闇に弓矢を構えた高麗兵が待ち伏せていた。

刑部の首につられて表門から攻め入ってくる敵を討ち取ろうと待ち構える高麗兵の背後から、カラスは襲いかかる。いきなり焙烙を投げつけた。閃光が闇を裂き、鉄釘などが霧のように撒き散らされる。門内の背後から思いもよらぬ不意打ちを食らって慌てふためく高麗兵たちの隙を衝いて、刑部の首を持ち去った。

港へ戻ったカラスは「ぼやっとしているうぬらの代わりに首を取り返してやった

ぞ」と、刑部の郎等に首を投げつける。

別の郎等が遠慮がちに尋ねた。

「あの、主の亡骸の方は、いかがなりましたや」

「知らん」

断ち切るようにカラスは答えた。

知らないが――たぶん、身ぐるみ剝がれて、その辺の街路に転がっているだろう。

鈴木刑部は伝来の大鎧をまとっていたのだ。

――あれは値が張る。

そのために鈴木刑部は狙われたのかもしれない。

――馬鹿なジジイだ。

気持ちが暗くなる末路だった。

熊野の名門に生まれ、征西宮の軍将の一人だった鈴木刑部は犬死した。

「急ぐぞ」

港に集った熊野衆に告げて、身代金の婦人から先に船に押し込む。真っ暗な海に漕ぎ出したカラスが、見覚えのある熊野衆に注意した。

「此処でかどわかした女は大切な人質です。逃げられぬよう気を付けてください」

あまりに他人行儀だったため、同じ船に乗った子ガラスが、いぶかしげに話しかけてきた。

「いま兄者が声をかけた熊野衆は知り合いじゃないんですか」

「そうだよ。熊野川の舟指だったやつだ」

ならば十年ちかく同じ舟指として一緒に働いていたはずだ。だが子ガラスはカラスが一緒だった舟指と談笑する場を見たことがない。そのことをカラスに尋ねようとして、子ガラスは口をつぐんだ。

もしかしたならカラスは、一緒だった舟指の、西大寺の殺し屋への内通を疑っているのかもしれない。

西大寺で太郎坊と同宿だった悪僧たちが、カラスの命を狙っているのは確かだ。だがカラスを仕留めようとすれば、九州くんだりまで追いかけて行かねばならず、しかも千鶴御曹司の近侍となったカラスに手を出せば、熊野衆全体を敵に回す恐れがあり、まったく算盤が合わなかった。

だから太郎坊の同宿たちが、カラスと一緒だった舟指にまで手を伸ばす可能性は低い。低いが、零ではなかった。零ではなかったが、子ガラスには、カラスが疑念を持ちすぎるように感じられた。

二人の間にちょっと気まずい空気が流れる。その空気を打ち消そうと、子ガラスが明るい声を上げた。

「そういえば兄者」

カラスが子ガラスを振り向く。

「おれ、兄者の齢を教えてもらったことがないですね。おれ、兄者と呼んでいますが、たぶんおれより二つ三つ年上じゃないかと見当を付けただけなんで」

「そうか」

カラスが、ぎこちなく笑った。

「いつ生まれたのか、おれも知らん。二つ三つ上というのが、そなたの見立てならそれでいい」

そう答えたカラスは、ふとレケオでクマに尋ねられた事を思い出した。

「わい、九州へ下る前にトラを始末しなかったのか」

トラというのはカラスの情婦だった女だ。寅年生まれだからトラとなったその女は、カラスを殺そうとした太郎坊と内通していた。

寅年生まれだからトラとは、なんと芸のない名付けよ、と、よくからかわれていた。カラスはそれに対して曖昧な態度に終始したが、少なくとも生まれた年だけは分かるトラの方が、カラスよりはましだった。そのことが何となく引っ掛かりながら、カラスはクマに答えた。

「始末しなければならんほど深い関係じゃない。黙って出てくればいいだけの話だ」

そのクマとの遣り取りがよみがえったカラスが、暗い海を見つめて子ガラスに続けた。

「今回かどわかした女はいい金になる。だが、あと十回は同じことを繰り返さなきゃならん」

へぇ、と子ガラスは眼を輝かせた。

「あと十回、仇を討てるんですね」

屈託（くったく）のない子ガラスに、カラスは「しょうがない奴だな」とかぶりを振ったが、その表情は港を出たときよりも和んでいた。

十二

加徳島から対馬へ渡り、身代金の女を陳彦祥に引き渡してから、報告のため、カラスたちは千鶴御曹司のもとへ赴いた。

童形の千鶴御曹司は、首座でカラスの報告に耳を傾けていたが、鈴木刑部の横死を聞いても、表情を変えなかった。カラスの報告を聞き終えた千鶴御曹司の口が開かれた。

「苦労であった」

千鶴御曹司の声を聞いたカラスの顔が、切羽詰まったように歪(ゆが)む。いきなりしゃくりあげた。その場の熊野衆がびっくりした表情で、泣きじゃくるカラスに息を呑む。

——さぞ、驚いただろう。

いちばん驚いたのは、カラス自身だ。

——なぜ、泣くんだ。

気が動転したカラスは、己れの心を叱咤して、涙を止めようとする。止めようとすればするほど、涙があふれてきた。

しゃくりあげるカラスを、千鶴御曹司は黙って見ていた。カラスが泣き止むまで、黙って見ていた。

——苦労であった。

千鶴御曹司がカラスにかけた言葉はその一言だけだった。

誰に言われるか。

もし他の者だったなら、カラスは泣くどころか、せせら笑っていたかもしれない。紆余曲折がありながらも、高麗入りに向けた熊野衆の準備は、徐々に整っていく。早く対馬から出た方がいい、というのが熊野衆の一致した意見だった。陳彦祥との取引ができるのは対馬だけだったが、対馬の政情は不安定であり、高麗入りに対する姿勢も一定していなかった。

対馬の実力者である早田丹後も、相変わらずの風見鶏ぶりである。

——守護（少弐氏）も守護代（宗氏）も対馬から追放される可能性があるのだから、はっきりした態度を取れるわけがないじゃないか。

と、早田丹後は言いたいのだろう。

農耕にまるで向かない対馬は貧しい孤島だったが、対朝鮮貿易の基地であるため、利権が渦巻いている。

周防国の大内氏、これと結ぶ九州探題（今川了俊）。この同盟が盤石なら先行きも見えてくるが、雲行きが怪しいのだ。もしこの同盟が破れれば、劣勢の少弐氏の挽回もありうる。そうなれば宗氏の態度も変わり、それによって早田丹後も身の振り方を考えざるを得なくなる。だが同盟は壊れないかもしれない。だから迂闊には動けないのである。

要は倭寇だろうと高麗入りだろうと、対馬に利権を持った連中には、どうでもよかった。倭寇をするもしないも利権しだいなのである。

対馬にいても、早田丹後に滞在費として食糧をせびり取られるだけだ、と熊野衆の不満は高まっていた。

ではどこへ行くか。

千鶴御曹司にお伺いを立てたところ、いったん済州島へ渡ると決まった。

済州島には千鶴御曹司が高麗入りの決め手とした、二隻の大型ジャンクも碇泊している。切り札となる二隻の大型ジャンクを対馬に回航しなかったのは、千鶴御曹司の命だった。おそらく千鶴御曹司は権力闘争が渦巻く対馬でうごめく連中に、手の内を見せたくなかったのだろう。二隻のうち一隻の建造には、対馬まで来ている陳彦祥も関わっているが、このレケオにはいろいろと秘密がある上に、彼こそが熊野衆に高麗人をさらわせている張本人であり、もし大型ジャンクの建造に関わったことが知られると、彼の秘密も芋づる式に引き出されてきて面倒なことになる。

もう一隻の大型ジャンクを進呈した奈留久が、済州島へやって来たカラスに告げた。

「対馬に渡った連中のなかに松浦保という者がいます。ご存知ですか」

「奈留殿と同じ松浦衆の一人でしょう」

「そうです。その松浦保から託（ことづけ）があったのです――我らは対馬から高麗を目指す。これが熊野衆との決別だ。我らの目的はあくまで高麗の国土を掠めるにある、我らは熊野衆の陰に隠れて、盗賊働きしようというのだ。我らは我らの利を求めるに過ぎないが、我らの動きが熊野衆の動きを助けんことになれば幸いだ――と」

　あまりの率直さに、さすがのカラスも苦笑を浮かべるしかなかった。

「松浦衆はそんなもんです。己れが儲かればそれでいいんです」

「それは松浦衆だけではない。本朝の武士、いや、坊主から百姓に至るまで人はみなそうだと思います」

　そうカラスが答えると、奈留久は応じた。

「それでも高麗入りの大将は千鶴御曹司です。熊野衆の行方が他の連中の行方を決める」

「いま奈留殿が申されたことは、御曹司へ直に申されるべきか、と。御曹司の知遇を得ているとはいえ、おれは下人に過ぎないのですから」

　済州島に渡ってしばらくたった頃、そのカラスへ、千鶴御曹司が問うた。

「その方、馬に乗れるのか」

「いえ。舟なら漕げますが」

おどけたように答えたカラスだったが、あくまで千鶴御曹司は真剣だった。

「ならば、この済州島で乗りこなせるようになるまで稽古せよ」

千鶴御曹司の厳しい口調から、高麗入りの困難さが垣間見えた気がして、カラスの態度も改まった。

いまだ大型ジャンクに軍馬を搭載する改造が済んでいなかった。二隻の大型ジャンクに千頭の軍馬を載せなくてはならない。短艇にも全て馬を載せられるようにしておく必要があった。

――忙しくなるな。

済州島のカラスは、身の引き締まる思いだった。

十三

意外なことで、カラスは千鶴御曹司の叱責を受けた。

黄海を超えて中国まで掠める輩がいたのだが、その連中をカラスが焚きつけたためだ。朝鮮半島ばかりでは面白くない。どうせやるなら中国まで足を伸ばしてみろ、と煽ったのだが、これが千鶴御曹司の逆鱗に触れた。

叱責を受けて、カラスはびっくりした。これまで千鶴御曹司が、九州探題に叩きださされて対馬に集まった旧南朝勢力の動きに、言及したことはなかったはずだ、とカラスは眼を白黒とさせざるを得ない。

だが千鶴御曹司は冷徹に命じたのだ。

「高麗領ならば、どこを掠めようとかまわない。我らに利することはあっても、その逆はない。だが明（中国）となれば話は別だ。決して明を刺激するな。明国を高麗と同じように掠めれば、高麗は明に助けを求めやすくなる。そうなってはならない。もし明の介入を許せば、我らの高麗入りに跳ね返ってくる。高麗だけでも荷が重いのに、それに大国である明まで加わってしまえば、どうして高麗の地に新たな熊野を求める我らの企てが成就しようか。さよう心得、明まで盗賊はたらきに出かける輩を見つけたなら、なんとしても止めるのだ。手段は問わない。もし手を下す必要があれば、そうせよ」

容赦のない口ぶりだった。カラスは驚いたが、千鶴御曹司とて神棚に祀り上げられるだけでは済まないと悟った。

誰よりもそのことを身に染みているのは、御曹司自身かもしれない。

カラスは己れの不明を恥じつつ、子ガラスとともに大型ジャンクの改造に知恵を絞る。上部甲板の建造物を全て馬小屋に変えても、百頭の搭載が限界だ。

「下の船倉を使うしかないな」

カラスの提案に、子ガラスは首をひねった。下の船倉に軍馬を収容すれば、五百頭は可能だろう。だが下の船倉は、あくまで船荷の積み場なのである。船底のバラストの代わりになるので、重量があるのはむしろ歓迎だが、換気が悪く生き物を収容するには向かない。とりわけ馬には糞尿の問題があった。

「馬は敏感な生き物です。下の船倉に押し込められたんじゃ、いざ上陸しても、いくさ場を駆ける前にへたばっちまうかもしれませんぜ」

「ならば、馬がへたばる前に上陸できる島を拠点とするしかないな」

この済州島は、朝鮮半島から離れすぎていた。

——となれば対馬だ。

二人同時に同じ考えが浮かび、二人は顔を見合わせて、呼吸を合わせたようにかぶりを振った。

——対馬に戻るんじゃ意味がない。確かに朝鮮半島に近い対馬は倭寇の一大拠点だったが、対馬の連中は、大陸の情勢よりも周防国や北九州の動きの方に眼がいった、熊野衆の足を引っ張りかねない輩ばかりだった。

カラスの脳裏に早田丹後が宿る。

「あいつ、場合によっては、我らのジャンクが出航したと、高麗方に密告しかねないものな」

「そうですね」

子ガラスも力なく応じた。

早田丹後の風向きは、北九州と周防国の情勢しだいによって変わるため、熊野衆には把握が難しかった。

「どうすべきか、御曹司にうかがってみるよ」

カラスが千鶴御曹司のもとへ赴いてみると、奈留久がレケオから持ち帰った八幡大菩薩の旗を、千鶴御曹司に披露していたところだった。

なぜレケオに八幡大菩薩の旗があったのかは、はっきりしない。源為朝がレケオに渡ったというのも、舜天が為朝の子であるというのも、伝説に過ぎない。

しかし千鶴御曹司が手に取れば、八幡大菩薩の旗もその伝説も、息を吹き返す。

千鶴御曹司の傍らには、いつものように小松法印が控えていた。歴史ある熊野別当でありながら、すっかり落ちぶれた印象の小松法印に比べ、いまだ神々しさの薄れない千鶴御曹司を奈留久が仰いでいた。

「やはり源氏の御血筋におわす」

そう讃えながら、八幡大菩薩の旗を千鶴御曹司の前に進める。

「これなる御旗は、かつて大宰府まで下った等持院殿（足利尊氏）が鎮西八郎殿（源為朝）を祀ったさい、探し求められたものの、ついに得られなかった因縁があるとうかがっております」

「等持院殿が」

目の前に足利尊氏がいるように、千鶴御曹司は奈留久が捧げる旗を拝礼する。

「法印」と、小松法印を振り返った。

「熊野に伝わる源氏の宝を持ってきてくれぬか」

一礼した小松法印が座を外し、千鶴御曹司のもとに参上したカラスが末座に控える。

小松法印が螺鈿の箱を捧げ持ってくると、千鶴御曹司は恭しくその箱を受け取った。

その螺鈿の箱を八幡大菩薩の旗竿に結び付けようとする。

源頼朝の治承の旗揚げの先例に倣ったのかもしれないが、神功皇后の三韓征伐の佳例に倣ったようにも見える。八幡大菩薩は応神天皇であり、彼は母である神功皇后が三韓征伐を遂げるさい、ずっと彼女の胎内にいたという。

螺鈿の箱を眼にした奈留久が、千鶴御曹司に頼んだ。

「それなる螺鈿の箱の中におわします御宝を拝みとう存じます」

うなずいた千鶴御曹司が、螺鈿の箱を開く。中から真正の真珠が現れた。末座のカラスも覗き込む。かつて熊野にいたカラスも、鳥居禅尼から伝わるという家宝を見るのは初めてだった。

聞きしに勝る見事な真珠だった。大粒で少しの歪みもなく、乳白色の光を放つそれは神秘的ですらあった。真珠は紀伊半島の名産だったが、養殖技術のない時代に真正の真珠は、奇跡の象徴といえる。

熊野源氏にふさわしい家宝だという意味のことを奈留久が言上する間、カラスに思わず別の考えが浮かんだ。

――あの真珠、高そうだな。

続けて、こう考えた。

――あの真珠、売ったらどんな値がつくのだろう。

不謹慎だと分かっていても、そういう眼でしか、真正の真珠を見られない。心中で算盤をはじいていると、千鶴御曹司と眼が合ってしまった。

ハッとして、心中から算盤勘定を追い出す。心の中を見抜かれた気がして、カラスは顔をふせた。

こういうときは、何食わぬ様子で、相手の顔を見返すのが鉄則である。熊野川の舟指だったカラスにはよく分かっているはずなのに、つい正直になってしまった。

「馬の稽古は進んでおるか」

そう千鶴御曹司に尋ねられ、しゃちほこ張ったカラスは、折り目正しく「ハッ」と返事した。もしこの場にクマがいたなら、カラスの返事っぷりを見て、腹を抱えて笑っただろう。

滑稽（こっけい）に見えるだろうという自覚はある。こんな武家の近習みたいな返事をし出したのは、千鶴御曹司に近侍するようになってからだ。

赤くなったり蒼くなったりしていたカラスが、ようやく此処に参上した理由を思い出す。

「御曹司、一点御指図をいただきたい儀あり」

カラスが裏返った声を上げた。

この済州島では、朝鮮半島まで千頭の軍馬を運ぶには遠すぎることを言上する。上甲板の建物を馬小屋に造り替えたとしても搭載数は限られ、下の船倉に収容すれば一隻につき五百頭は可能だが、それでは馬が疲弊してしまい、肝心のいくさ場で役に立つまい、と告げた。

つっかえつっかえ説明するカラスに、その場にいた奈留久も助け舟を出す。

「下の船倉を馬の収容に使えば、航海中に費やす穀米の積み場もなくなります」

カラスと奈留久の言葉を聞いた千鶴御曹司は、しばし沈思しているように見えたが、やがて一同を見渡して告げた。

「ならば群山群島へ」

一同は異議なく平伏する。なぜ群山群島なのか、尋ねる者はいない。千鶴御曹司の決定が下ったのだ。千鶴御曹司は多くを語らなかったが、群山群島から錦江に進攻すれば、全羅道と高麗の首都（開京）を分断できる。全羅道は穀倉地帯だ。全羅道を押さえられるか否かは、故国からの補給を受けられない者たちの死命を制する。

退出したカラスを追いかけるように奈留久が袖を引いた。小声だったが、表情は深刻だ。

「じつは食糧が尽きかけている。この済州島に集った千鶴御曹司に従う者どもの数は数千に及ぶ。あのレケオ、食糧を運んでくれるのはありがたいが、けっこうな銭を取る。おまけに対馬で早田丹後にせびられた分まで上乗せしてきやがる」

「ちょっとやそっとなら全羅道に上陸して掠め取ってくるんだが」

盗人根性剥き出しにカラスはうめいたが、足りない量を訊けば、完全にお手上げである。もしクマがいたなら、うまく陳彦祥と交渉して足りない分の食糧をせしめたかもしれないが。カラスにも奈留久にもそんな芸当は無理だ。

日本国王の偽使に成りすました陳彦祥は、朝貢するさいに明から大量の食糧を下賜されていた。だがカラスも奈留久も食糧の下賜を知らず、朝貢の道中の食糧費を要求されれば、何の疑いもなく支払っていた。おそらくクマならば、その陳彦祥のまやかしを簡単に見破っていただろう。

「なんで舟指だったおれが、こんな問題に頭を悩まされなければならん。ほんらいなら法印の仕事だろう。あの役立たずめ！」

八つ当たり気味にカラスが吐き捨てる。相変わらずの小声で、奈留久は応じた。

「その旨を法印殿に申し上げればよいかと」

「奈留殿は小松法印の役立たずっぷりをご存知ない」

窮地に陥ったカラスを熊野から救い出してくれたのは小松法印だ。それを考えれば、カラスの言いぐさはあまりに恩知らずだったが、奈留久は敢えてその点には触れずに応じた。

「法印殿では決められまい。となれば法印殿はどなた様の指図を仰がれる？」

「御曹司」

奈留久に答えるというより、独り言に近かった。その場に奈留久を置いて、カラスが出かける支度を始める。

「どちらへ」

「馬の稽古です。御曹司から命じられたのです」

間もなくカラスたちは、群山群島に移った。まだカラスの馬の稽古は十分ではなかったが、移動しにくくなる冬を前にした、少し慌ただしい引っ越しであった。

群山群島は黄海上に位置したが、朝鮮半島の鎮浦や錦江に近く、高麗国の内懐に航路で迂回する恰好である。此処から朝鮮半島に上陸し南下すれば、熊野の新天地と目する全羅道南岸部に達するし、北上すれば高麗国の首都（開京）もうかがえる。

群山群島は要衝であり、かつては高麗国の鎮台があった（今でもあるにはある）が、現在は治外法権に近い島々だった。

済州島もそうであり、大型ジャンクにしかできない外洋経由で群山群島に渡った熊野衆の動きは、朝鮮半島南岸部を沿海航法で移動するのと違い、高麗国にも覚られにくいはずだった。

黄海上の群山群島には中国（明）の海商もいたが、中国人の多い仙遊島を避けて、壮子島に入る。中国人と接触して不慮の事故が起きるのを防ぐ処置であったが、付近が浅海の群山群島にあって壮子島には良港があった。

人目を避けて二隻の大型ジャンクを碇泊させた熊野衆は、附近で拠点にふさわしい場所を探す。周りを警戒しなければならず、かといって条件の合わぬ地に拠点を設けるわけにはいかない。

いい場所を求めて、カラスは子ガラスと連れだって歩き回る。カラスが談笑するのは、子ガラスが仲介してくれる志賀島の熊野衆の末裔たちばかりで、熊野で一緒だった舟指たちと無駄口を叩くことは一切なかった。

カラスも子ガラスが相手ならば冗談を言う。

「飽くまで仇討ちができる日も近いぞ。此処は群山群島だからな。対馬にいたときのような、夜盗まがいの敵討ちとは違うぜ」

気安く子ガラスの肩を叩いたカラスが、藪を払いながら崖道を登っていく。小高い台地まで登ると、周囲の眺望を確かめた。

藪を残らず切り払ってしまえば、海上からの接近はもとより、どの方角も見通せる。

「まずまずだな」

つぶやいたカラスの肘を、子ガラスが興奮を抑えきれぬ様子で突いた。

「兄者、見てくれ」

子ガラスが指さす先に、藪で隠された泉らしきものが垣間見えた。

カラスが視界を塞ぐ藪に四苦八苦しているうちに、子ガラスは其方に走り寄っていった。あたふたとカラスが子ガラスの背中を追う。

「おい、待て」

カラスが子ガラスの背中を呼び止めた。藪だらけの高台が海に落ち込んでいる中腹あたりだ。

雨水の溜まり場かもしれない。そうでなくとも、振り返れば藪越しの眼下は海だ。

「海が近すぎる」

汽水かもしれなかった。その点を子ガラスに注意しようとしたが、早くも子ガラスの背中は、藪の向こうにあった。

「せっかちなやつだな」

ぶつぶつとつぶやいたカラスが、藪をくぐって子ガラスに続く。

二人の前に現れたのは、藪に囲まれた泉だった。意外に大きく、池くらいの大きさがある。清澄な水面を満足げに眺めた子ガラスが、中に手を入れ、水を掬って飲む。

「真水か？」

「質のよい冷たい水です」

カラスの問いに答えた子ガラスが、注意深く水面を眺める。指先でマルを描いてカラスに教えた。

「あのあたりで」

子ガラスが、その泉池の真ん中付近を示す。

「清水が湧いています」

滾々と水が湧き出る泉池を見やってカラスが答えた。

「これで飲み水の確保ができる。この島での拠点も決まったな」

朝鮮半島は日本に比べ水質が悪いと聞いている。ましてや島嶼の群山群島では期待できない、と案じていただけに、カラスに安堵の表情が宿った。

去りかけたカラスへ、子ガラスが言った。

「ここの水さえあれば、熊野衆の飲み水をまかなうどころか、田んぼだってたくさん作れますよ」

これを聞いてカラスは笑った。

「熊野衆に似合わぬことを言う。子ガラスは田夫になりたいのか」

カラスはからかったつもりだったのに、子ガラスはひどくしんみりと答えてきた。

「いいですね……田植え……」

「田植えの前に出陣だ」

田など作っている暇はない。田植えができる田を作って収穫するまでに、一年二年はかかるだろう。

「出陣の方が先ですね」

その子ガラスの言い方が、なぜかカラスの耳に残った。

十四

カラスが群山群島の間を漕ぎまわったのは、島嶼のどこかに大型ジャンクの一艘を碇泊させる場所を見つけるようにと、千鶴御曹司から命じられたためである。

いまは二隻とも壮子島に碇泊させてあるが、そのうちの一隻を別の場所に移したいというのだ。

これがなかなか難儀だった。群山群島には目隠しになる入江などは目についたが、いかんせんどこも浅すぎる。水深を測るまでもなく底がはっきり見えている場合が多く、カラス愛用の船底が丸い小舟ならともかく、大型ジャンクの碇泊地には向かなかった。

カラスは仙遊島の人目を避けながら群山群島を漕ぎまわったが、暖かい日射しを浴びて入江から入江へと尋ねまわるうち、日射しにきらめく水面に誘われてのどかな心持が訪れたようだ。

思えば遠くに来たものだ、などと柄にもなく感傷的な気分に浸りながら櫓を漕ぐカラスの目の端に何か映った。

——あれは。

櫓を握るカラスの緊張が走る。

島陰を掠めるように消えた小舟の残像だった。乗っていた三十くらいの女が、こちらを見ていた気がした。

——水賊かもしれん。

もし水賊だとしたなら、この場に留まるのは危険すぎる。カラスは一人でいるところを見られていた。いつの間にか、オオカミのような水賊の小舟に囲まれていても不思議ではない。

「あの島に人は住んでいないはずだ」

女を乗せた小舟が消えた島陰を、カラスは注視する。禍々しく静まり返った島陰は、ひどく不気味に感じられた。

水賊はひそかに無人島に棲みつき、そこを根城に獲物を狙うという。女の消えた島陰から眼を離さず、カラスは己れが乗る小舟を後退させていった。

「群山群島で水賊の噂を聞いたことはないが」

櫓を漕ぎながらカラスがつぶやく。もっとも噂が立ったときには、もう水賊はそこには居ない。煙のように消えてしまい、どこに行ったのか分からないのだ。

素早くその場を去ったカラスは、仙遊島の人目だけではなく、水賊の危険に気を配りながら、大型ジャンクを隠せる島を探していく。どうにも壮子島のような適地が見つからなかった。壮子島の拠点に戻って考えあぐねていると、子ガラスがやって来た。

「兄者、御曹司のことですがね」と、ひどくあらたまった調子で言う。子ガラスが千鶴御曹司に触れるのは珍しい。意外な思いで「どうした」と尋ねたところ、子ガラスは前置き抜きに核心をついてきた。

「来たる高麗入りで、御曹司は我ら熊野衆の先頭に立たれるんでしょう。等持院殿がそうされたように」

カラスは黙ってうなずく。他に軍勢の先頭に立つ人などあろうか。

「先頭に立つ等持院殿に矢が当たらなかったのは、誰も等持院殿に矢を放たなかったからです。でも此処は源氏の威光が通じない異国。高麗の兵は逆に御曹司に矢を集めてきますよ」

またカラスは黙ってうなずいた。表情は深刻だ。カラスの沈痛な面持ちを見やりながら、子ガラスが続ける。

「御曹司は源氏重代の着背長を召されるのでしょう」

みたびカラスはうなずく。

「あれでは顔面を守ることができません」

子ガラスに指摘され、カラスが尋ね返す。

「そなた、なんぞ妙案があるのか」

「ええ。顔面を守る防具を造る工夫はあります。問題は御曹司がその防具の着用を承知なさるかどうかです」

自信ありげな子ガラスの態度に、カラスの表情も雲間に光が射したように変わる。

「分かった。御曹司に言上してみる。それから銭が入用ならば遠慮なく言ってくれ」

「兄者、景気がいいですね」

「なに、おれの銭じゃない。御曹司から預かっているんだ」

「同じことですよ」

子ガラスにそう言われ、面映ゆげになったカラスが付け加える。

「もし御曹司の御着背長を実検する必要があるなら、それも問題ない。御着背長の縅毛は確か赤色だったな」

できるだけ違和感のない防具を造りたいという意図がカラスに伝わったため、子ガラスは満足そうに帰っていった。

しばらくして子ガラスが、出来上がった防具を、自信満々に見せに来る。心待ちにしていたカラスは勇んで子ガラスを出迎えたが、肝心の防具を見たとたん、大きく肩を落としてしまった。

子ガラスは千鶴御曹司着用の大鎧を参考にしたはずだが、出来上がった防具には心配していた違和感が、あまりに大きかった。鉄製の防具は赤糸縅を意識して朱色に塗られていたものの、大鎧には全く馴染まず、おまけに防具には長い鎖状の紐らしきものが垂れ下がっていた。カラスの態度に気づいた子ガラスが声を大にする。

「その長い鎖状の紐を取るわけにはいきません。首筋を守るためですから。冑の錣を傾けるより簡単で確実です。しかもそいつがあれば、眉庇に飛び込んでくる矢からも眉間を守れる。考えられるなかで、いちばん怖い矢からもね。いわば工夫の肝なんですよ」

子ガラスの熱弁を聞いたカラスが何度もうなずいた。

「分かるよ、子ガラスの言っていることはよく分かる。でも、これを着けるよう御曹司を説得できる自信はないなぁ」

「なにも最初から最後まで着ける必要なんかない。肝心な時だけでいいんだ」

子ガラスが説得する口調になった。

「そのために兄者は御曹司の近侍になったのでしょう。御曹司の御命を守るために。いざそのときに、兄者がその防具を渡して御曹司の御命を守ってください」

いくさは生きているのである。渡す機をうまくとらえられるかどうか、とカラスは感じたが、子ガラスには「分かった」と答える。言い訳はしたくなかった。カラスのひそかな決心は、子ガラスの指摘した通りなのである。「ありがたく受け取らせてもらうよ」と子ガラスに頭を下げて防具をしまったカラスは、もうこの話題を口にしなかった。

「ところで子ガラスは群山湾に船城を築く役目だったな」

調子を変えて子ガラスに尋ねる。カラスの心中を察したか、子ガラスも冷やかすように応じた。

「兄者は御曹司の露払いを務める先鋒か。いくさの華じゃないですか。うらやましいぜ」

おどけたように腕を撫してみせたカラスが、ふと思い出したように付け加えた。

「船城の役目は明らかだ」

制海権の確保と、先鋒軍の後方支援だ。

「でも、分からんのは、いま一隻の大型シャンクの役割だ。錦江に布かれた高麗軍の防備を破ったなら、この群山群島に戻ってくることになっている」

「御曹司は何ともおっしゃらないのですか」

子ガラスに訊かれて、カラスは声をひそめる。

「うん、何ともおっしゃらないんだ」

カラスの返事を聞いた子ガラスが、遠慮がちに応じた。

「おれ、最初は此処に戻ってくる役目だったんです。でも、他に船城を造れる奴がいなくて。綱で舟々を繋ぐのが難しいらしいんです。おれの受け継いだ技は熊野衆伝来のはずなんですがね。熊野の本場で消えちまった技が、九州の果てで生きているなんて皮肉もいいところですよ」

「熊野に昔日の面影はない。九州で生き延びた熊野衆の方が、よほど熊野衆らしいと、法印殿も言っていたよ」

小松法印を思い出したか、カラスの口調がからかうように変わった。誰よりも昔日の面影がなくなってしまっているのは、熊野別当たる小松法印だからだ。

——役立たずの小松法印は捨て置いて。

との前置きは声に出さずに、カラスは子ガラスに告げた。

「上陸の工夫を考えねば。錦江を遡上する御曹司の先鋒隊と連携した騎馬隊を上陸させねばならん。水陸の連携こそが肝だと御曹司がおっしゃっていた。短艇に軍馬を二、三頭乗せる工夫、そしてその短艇をいかに大型ジャンクから滞りなく下ろせるか、だ」

懸案を並べられた子ガラスが腕を組んで首をひねる。

「レケオの知恵を借りなければならないようですね。レケオというか、その背後にいる明国人というか」

「そうだな」

子ガラスを真似て腕組みしたカラスが提案してみる。

「奈留殿に尋ねてみたらどうだ」

「いいですね。奈留殿ならいい知恵を出してくれるでしょう」

同意した子ガラスが、別の懸案を口にした。

「そういえば兄者。いま一隻の大型ジャンク、どこに着けるか決まりましたか」

「そのことなんだが」

　カラスは残念そうに首を横に振った。

「この群山群島には壮子島の他には大型の船を着けられる港がないんだよ。人目のわんさかある仙遊島のことは知らんがな。御曹司にその旨を言上したところ、壮子島に戻せばよい、との御指図をいただいた」

第三章　源氏の血脈

一

群山湾に布かれた高麗軍の防衛線を突破したアギ・バートルの熊野水軍は、そのまま力強く漕ぎ進むカラスを先頭に、錦江を遡上していく。

一方、大型ジャンクの船腹が一列の扉に改造されており、軋みながら口を開いた船腹から次々と短艇が飛び出してきた。ミズスマシのように群山湾に広がったかと思うと、水際めざして殺到してくる。濛々たる水飛沫が上がり、軍馬のいななきとともに騎馬軍となって、先頭を行くアギ・バートルとカラスの大将舟の後を追うように並進していった。

迎え撃つ高麗軍は、思わぬ水陸並進に慌てた。錦江を遡上する水軍を阻もうとすれば、陸路を進む騎馬軍に背後を衝かれ、騎馬軍と戦おうとすれば錦江を遡上する水軍の進路はがら空きとなり、さらなる前進を許してしまう。高麗軍は二手に別れようとしたが、交戦中に備えを変えようとして、さらなる混乱をまねく。

その高麗軍の狼狽ぶりを群山湾上に浮かぶ船城から、子ガラスは小手をかざして望見していた。

――まずは上々。

子ガラスがほくそ笑む。錦江河口では高麗兵たちが、あたふたと彼らが倭寇と呼ぶ熊野軍に引きずられていた。高麗方が恐慌しているのは、これまで沿岸部の略奪に終始していた倭寇が、水陸並進して内陸深くに攻め込もうとしていたからである。

「おれたちを甘く見るなよ」

つぶやいた子ガラスは、いま一隻の大型ジャンクが、群山群島に戻っていくのも、満足げに確認した。

――御曹司は、あのジャンクをどうするつもりだろう。

壮子島に戻すよう御曹司の指図をたまわった、というカラスの言葉がよみがえったが、いま大切なのは、目の前で船城の中心となっている大型ジャンクの方だ。

船城は、大型ジャンクを中心に、ひしめく小舟を綱で繋ぎ合わせて、洋上に聳え立っている。

繋ぎ合わせた舟々の間に、敵の進入を許す隙間があってはならない。舟々を繋いだ綱に緩みがないか確かめ、大型ジャンクを中心に機能しているか確かめて回った子ガラスが、はるかに西の黄海上に、こちらに向かって進んでくる敵艦隊を発見した。

「おいでなすったな」

子ガラスが余裕たっぷりに其方を見やる。高麗水軍の戦い方には慣れている。彼らは接近して倭寇と呼ばれる日本水軍の軍船を拿捕しようと試みるが、いつも倭寇方に自船に乗り込まれて、倭寇船を拿捕(だほ)するどころか、逆に自船を奪われてしまう。高麗方は倭寇船が接近してくると、焙烙と呼ばれる手榴弾を投げつけて接近を阻もうとするが、遠すぎると手前の海に落ち、近すぎると投げつける前に自船に乗り込まれてしまうという塩梅(あんばい)だった。

今までの高麗水軍との戦い方を熟知している子ガラスが、はるかな洋上に出現した高麗艦隊を望む。

近づいてくるのを、手ぐすね引いて待った。また先祖の仇を討ってやるぜ、と待ち構えていた子ガラスに、いぶかしげな表情が宿る。

高麗艦隊が、ぴたりと止まってしまったのだ。まだ数百メートルはあるだろうか。子ガラスのもとに志賀島の熊野衆が集まってきた。みな不思議そうに雁首(がんくび)を並べて、止まってしまった高麗艦隊を眺めている。

弓弦(ゆづる)を弾いていくさの支度をしていたのに、敵が攻めてこず、拍子抜けしてしまった。みなで目を凝らす。数百メートルも離れているので、はっきりとは分からないが、どうやら敵兵たちが甲板に据え付けた「何か」に取りついているようだ。

「ありゃ、なんだ」

雁首を揃えたうちの誰かが声を上げ、子ガラスも首をひねる。遠目が利く者が、敵船の甲板を凝視して呼ばわった。

「どれも同じみたいだぞ」

敵艦隊が搭載している「何か」が、である。火矢の機能を持った鉄矢が林立して、こちらに鏃（やじり）を揃えた器械らしい。

「この距離じゃ、いにしえの畠山重忠（はたけやましげただ）だって届かんだろ」

誰かがつぶやく。からかうというより不思議そうな口調だった。

「あっ、松明で点火するぞ」

遠目が利く者が教えると同時に、どの敵船からも火を噴いて鉄矢が中空に舞い上がった。ふらふらとこちらに飛んでくる。眼で追える速度だ。みなが眼で追う。半分も行かないうちに海中へ落ちるだろうと踏んでいたが、案に相違して、此処まで届いてしまった。ボチャリ、と間の抜けた音を立てて、第一矢が海中に没する。

「よっ、ご苦労さん」

誰かが冗談めかして発し、みなが笑いさざめくなか、何かに気づいた子ガラスが緊迫した声で呼ばわった。

「綱をほどくんだ！」

その場にいた者たちが、きょとんとたたずむ。

「あの鉄矢、此処まで届くんだぞ！」

躍起になって子ガラスが叫ぶ。

「あの鉄矢が海中に落ちた、ジュッという響き、みなも聞いただろう。誰の耳にも残るくらい間近に落ちたんだ。早く綱をほどけ。バラバラになってしまえば、簡単によけられるんだ」

子ガラスの懸命の警告に、弾かれたようにその場のみなが綱に取りつく。船城を築くために結び合わせた綱だ。簡単にほどけるはずがない。癇癪(かんしゃく)を起こした誰かが腰刀で断ち切ろうとしたが、その衝撃は足元の小舟を揺らすばかりで、肝心の綱はびくともしなかった。

彼らが悪戦苦闘している間に、群れとなって宙に舞い上がった鉄矢の半分は空しく海に落ちていったものの、残りの半分は大型ジャンクを中心に多くの小舟を繋ぎ合わせた船城のあちこちに着弾したのだ。

着弾した舟は燃え上がったが、舟々は頑丈な綱で密接して固く縛られていた。固く縛られた綱に四苦八苦している間に、次々と燃え移っていった。

「ええい、くそ」

子ガラスが、事態を呪う。もし舟々を綱で固く繋ぎ合わせる前ならば、飛んでくる速度が遅く命中率の悪い鉄矢など、造作もなくかわしていただろう。

「奴ら、此処に船城を築くと見抜いていやがったな」

悔しげに子ガラスが舌打ちする。小舟のままなら、どれだけの鉄矢を放とうとも、一本たりとも当たりはしない。小回りが利く舟を操る者が、どうしてフラフラ飛んでくる、しかも命中率の悪い鉄矢など食らったりするであろうか。

だが敵は群山湾に船城が築かれるのを待っていた。図体がでかくなり恰好の標的になるのを待ち構えて、船城を炎上させたのだ。

「くそっ、高麗にはあんな兵器はなかったはずだ」

火に追われながら、子ガラスが唇を嚙む。

高麗にはないが、明にはあったかもしれない。子ガラスはレケオでジャンクの造船に携わったが、こんな火砲の噂を耳にしたことがなかった。

おそらく明国が軍事機密を高麗に授けたに違いない。

――おれは明国の軍事機密にまで行きつけなかった。

後悔が子ガラスの胸を噛む。いま炎上の巷にあるのは、高麗の内陸深くに前進していったアギ・バートル軍を、後方から支える船城だった。

火に追われた船城の面々が、次々と海に飛び込んでいる。他に逃げ場がなかった。もう綱に取りついている者はいない。綱をほどくよう呼ばわった子ガラスも海に飛び込んだ。湾内のせいか波は小さく海水も冷たくはなかったが、喘いで口中に侵入してきた海水の塩辛さにはまいった。

海に飛び込んだ子ガラスが、塩辛い水を吐いて波間で息を呑む。散り散りになったはずの高麗水軍の兵船が、いつの間にか群山湾に漕ぎ出し、互いに連携し合っていた。子ガラスは恐怖で身が痺れる思いだ。高麗兵たちが何のために出撃したのか察したのだ。

槍を構えた高麗兵たちが、鵜の目鷹の目で海面を探している、火に追われて海に逃げ込んだ熊野衆を、一人残らず始末しようと待ち構えているのだ。

――見つかったら終わりだ。

波間からうかがう子ガラスがたじろぐ。近くで悲鳴が上がった。聞き覚えのある声だ。志賀島の熊野衆の誰かに違いない。どっと船上で歓声が湧く。海上を見張る高麗兵に見つかり、槍で刺殺された仲間の悲鳴に違いない。波間からうかがった子ガラスの眼に、先ほどまでは道化にしか見えなかった高麗兵が、鬼神となって映った。

急に背後から声をかけられる。びっくりして海中でじたばたした子ガラスが振り向いた先にいたのは、小松法印だった。

いまは自慢の僧綱襟も付けておらず、意外にうまい立ち泳ぎで子ガラスに声をかけたのだ。

「ああ、あなた様は確か」

少し間の抜けた声で応じた子ガラスへ、小松法印は言った。

「ここそこ波間に隠れたって逃げ切れんぞ。どうせならイチかバチかやってみんか」

「何をです」

やはり間の抜けた声で、子ガラスは尋ねる。すると小松法印が、ひどく勿体付けて答えてきた。

「敵船を一艘奪うんだよ。近くにその方の仲間も浮いとろう。そやつらを集めて海中に隠れ潜んで近づき、不意を衝いて目星を付けた敵船の一艘を奪うのだ」

もし下手に近づけば、敵に見つかり槍で突き殺されて終わりだ。尻込みする子ガラスへ、小松法印が立ち泳ぎしながら胸をそらせて告げた。

「わしに任せよ」

そう言われても、と子ガラスは渋る。兄貴分のカラスから、小松法印のことは聞かされていた。法印権大僧都を鼻にかけた役立たずだ、と。

その小松法印に命を預けるのは堪らなかったが、子ガラスの返事も訊かず、小松法印は目星を付けたらしい一艘の方へ抜き手を使いだす。やむなく子ガラスは小松法印の後を追う。子ガラスの近くに浮いていた志賀島の熊野衆も続いた。

小松法印が目星を付けた敵船に回り込んでみて、首をひねっていた子ガラスも腑に落ちた。その敵船は、どの敵水軍の兵船からも死角になっていて、その敵船の高麗兵が振り返らないかぎり、他の敵船の高麗兵から見つかる恐れがなかった。

「水中に沈むぞ」

その小松法印の命令を、子ガラスも素直に聞く。潜水して敵船に接近する小松法印に率いられた衆が、敵船の間際で浮かび上がると、いきなり敵船の艫(とも)をつかんで揺さぶった。驚いた敵船の高麗兵が、振り返って小松法印たちを発見したときにはもう遅い。槍を構えてあたふたと駆けつけた高麗兵が、艫を揺さぶられて不安定な足元を掬われ転倒する。自分の槍を小松法印に奪われ、突き伏せられた。

その隙を衝いて、艫から小松法印と志賀島の熊野衆が乗り込んでくる。不意を衝かれた高麗兵たちが、奪った槍を振りかざして殺到する小松法印たちに圧倒されて、みずから海に飛び込んでいった。

　敵船の奪取に成功した小松法印と子ガラスたちは、飛び込んだ高麗兵たちに構わず、櫓に飛びつくと、急ぎその場を離脱した。錦江を遡上していったアギ・バートルたちの後を、懸命に追う。他の高麗兵船は、件の兵船が乗っ取られたことに気づかず、なぜその兵船が離脱していったのか分からなかった。首をひねって見送るうち、小松法印たちによって海に追い落とされた高麗兵をようやく救出し、彼らから事情を知らされたが、そのときにはもう件の兵船は視界から消えていた。

二

　小松法印と子ガラスたちは、沃州(よく)でようやくアギ・バートルたちに追いついた。もう全羅道を越えて楊広道に入っていた。

　途中の扶余ではアギ・バートル軍と勘違いして高麗軍に近づき、散々に攻撃された。高麗水軍の兵船を奪ったため、高麗方も味方の兵船かと勘違いして接近を許したことが、かえって仇となって大軍に包囲攻撃されてしまった。

這う這うの体で合流したにもかかわらず、小松法印は群山湾の船城が焼き払われてしまったことから、アギ・バートルに知らせた。

報告を聞いたアギ・バートルは、まず近侍するカラスに命じた。

「そなた、これより馬を具せ」

この沃州は、もう内陸地である。異能の舟指だったカラスによる突破は、錦江と群山湾の高麗軍に奇襲をかける先制攻撃であり、内陸に入ったなら馬を使うのが、予てよりの作戦だった。

すでに朝鮮半島の内陸部にまで攻め込んでいるのだ。沃州への進軍は作戦通りだったが――。

「御曹司、船城が焼き払われましてございます」

この小松法印の報告が、一座を震撼させていた。アギ・バートルに率いられた熊野衆は、朝鮮半島の内陸深くにまで入り込んでいる。倭寇と呼ばれた熊野衆が、錦江の防衛線を破ったとの一報は、首都の開京にまで飛び、高麗朝廷の要人たちはもとより、半島に住む人々にあまねく知れ渡っていた。

――倭寇が国土の奥深くにまで侵入してきた。

そう高麗中に知れ渡ったなかで、後方からの補給が途絶えたのだ。内陸深く攻め入った熊野衆は異国の中で孤立し、船城が消滅したことで補給手段を失ってしまった。

衆目がアギ・バートルに集まった。アギ・バートルが静かに一座へ呼ばわる。

「秋風嶺に向かう」

一座がどよめいた。

引き返すつもりなら、まだ間に合う——そう誰もが思ったが、アギ・バートルの決断は違った。

緊張にこわばったカラスへ、アギ・バートルが声をかける。

「馬の稽古は十分に積めたか」

「はい」と、カラスは返事した。

「いや、十分ではあるまい」

アギ・バートルの瞳が笑う。

「だが十分でないのは、そなたの稽古だけではない」

三

カラスは再び合流した子ガラスに、こう言った。

「船城を焼き払われたとき、海に飛び込んだらしいな。濡れ鼠の体でやって来るかと思ったぞ」

「まさか」

子ガラスは鼻を鳴らした。

「海に飛び込んだのは、だいぶん前ですよ。いつまでもそんな恰好でいるはずがないじゃないですか」

「そりゃ残念だ」

冗談めかして告げたカラスへ、ちょっとあらたまった口ぶりで子ガラスが尋ねる。

「御曹司に例の防具のこと、お話しになりましたか」

「申し上げたよ」

「御曹司はなんと仰せに」

「何とも仰せにならなかった。ただ、虚しげに微笑まれただけだ」

「ならば」と、子ガラスが表情を引き締める。

「兄者が頑張らねば」

「ああ、分かっている」

防具がしまわれた懐へ眼を落としたカラスに決意がにじむ。そのカラスの様子をうかがっていた子ガラスが、口調を変えて尋ねた。

「我らの兵糧はあと数日。御曹司はいかがなされるおつもりかな」

「分からん」

カラスは首を横に振った。

「分からんが、秋風嶺を越えるということは、このまま敵国の奥深くへ突き進むということだ。おれに分かっているのはそれだけだよ。あとは御曹司の御指図に従うだけだ」

そう答えたカラスが、悔しげに漏らす。

「どうやら高麗朝廷を甘く見ていたらしいな。明国は高麗国の請いに任せて軍事の機密（遠距離を飛ぶ火薬兵器）を授けたらしいが、高麗には両班の対立に加えて親元派と親明派の対立まである。国益を損なう激しさで、とても親明派は授かった軍事の機密を親元派から守れんだろうと高を括っていたのに、おれたち倭寇に対しては一致団結したようだ。軍事の機密を守り通したのみならず、明国に教えられた火砲の使用を、最も効果を発揮する機会が訪れるまで待っていやがった」

カラスの慨嘆を聞いて、子ガラスも肩を落とす。

「親元派と親明派の争いはレケオにもあります。その隙を衝いて探り出せなかったのには、おれの責任でもあるようです」

その子ガラスを見て、不意にカラスはある光景を思いだした。壮子島に開かれた、場違いな田んぼだ。水を張った田んぼに、青々と植えられた苗が、ひどく不器用に並んでいる光景だった。

「あれはそなたの田んぼらしいな」

「そうなんです。勝手なことしてすいません」

「いいさ。もうすぐ刈り入れだろ？」

あまり農事に関心がないカラスが、雑な口ぶりで言った。

「刈り入れが済んだなら、おれにも収穫した米の握り飯を食わしてくれよ。なにせおれたちは兵糧不足だ。おもちゃみたいな田んぼだって大事だぜ」

四

都堂に列する要人たちが、泡をくったように高麗国の首都開京の王宮に集まってきた。鎮浦から侵入した数千にのぼる倭寇が、いっこうに立ち去らない件について、額を集めて協議する。

「朴修敬(ぼくしゅうけい)を召喚せよ」

都堂に列している高官を押しのけて響いたのは辛禑王の声だ。辛禑王が姿を現すと、その場に微妙な空気が流れる。一座に列する鄭夢周が、遠慮がちに問うた。

「李成桂も召喚すべきでは」

その鄭夢周の声を掻き消して、しわがれた響きが場を圧する。

「李成桂は最後の切り札として取っておくべきかと心得る」

この国の最高権力者と言うべき李仁任の声だった。

——おいでなすった。

と、その場の高官たちは、声の主を盗み見る。辛禑王を王位に担ぎ上げた李仁任が、場の主役のような顔をして一座を睥睨していた。まるで傀儡師みたいだ。操っているのは辛禑王か。

鄭夢周も敢えて逆らわなかった。高麗国軍将の双璧は、朴修敬と、そして李成桂である。李成桂は最後の切り札、との李仁任の主張は、誰も異を唱えられない正論だった。だから鄭夢周も反対しなかったのだが、その場の誰もが腹の内で同じことを思っただろう。

——正論に事寄せて、李仁任は李成桂の頭を押さえようとしている。なにせ、ここで手柄を立てられては、李成桂の力が大きくなりすぎるからなぁ。

誰もが同じことを考えたが、誰もそれを表に出そうとはしない。辛禑王の命令通り、朴修敬が急ぎその場に召喚された。都堂に列しているのは科挙に合格した文官ばかりで、軍官の朴修敬とは両班として対立し合っていたが、いま頼りなのは軍官の方である。都堂の文官たちは日頃の対立を忘れたような愛想笑いで、王宮へ参上してきた朴修敬を持ち上げる。朴修敬も彼らに調子を合わせて振る舞った。朴修敬とて彼らの腹の内は読めていただろうが、その場に李成桂は呼ばれていなかったことが、朴修敬を満足させたようだ。

倭寇との合戦の場数を踏んでいるという点では、朴修敬の方が李成桂よりも上だ。その点でも朴修敬を推した李仁任の主張は正当化できる。決して政敵に隙を見せない李仁任だったが、朴修敬が内陸部まで侵攻してきた倭寇を退治してこそである。もし鎮圧に失敗すれば、李仁任苦心の策略も用をなさなくなってしまう。

だからこそ李仁任は朴修敬に期待していた。辛禑王も同じだ。辛禑王と李仁任は一心同体とは言えないだろうが、李仁任の失脚がそのまま辛禑王の危機につながるのは確かだ。他の都堂の面々は倭寇を鎮圧してくれさえすれば、朴修敬でも李成桂でもどちらでも構わなかった。

満座の注目を集めて朴修敬が述べる。

「このたび鎮浦から侵攻してきた倭寇は、他の倭寇とは著しく様相が違います」

それは分かっている、と都堂の面々が朴修敬に先をうながす。

いま現在まで倭寇の跳梁(ちょうりょう)は甚(はなは)だしかった。中にはこの開京とは目と鼻の先にある江(こう)華(か)島まで侵入してきた倭寇もいる。だがそれらの倭寇の狙いは、いずれも沿岸部の略奪だった。このたび鎮浦から侵攻した倭寇のように、内陸に分け入って高麗国から立ち去ろうとしない例はなかった。

「あの倭奴が国内の只中に留まっていられるのは、数千もの人数で進入してきながら、一糸乱れず数千で固まって動いておるからです。倭奴といえば、こちらの隙を衝き不意打ちに攻め込んできて、節度営が追捕するより先に立ち去るのが得意技でしたからな。なぜ夜陰に紛れて不意打ちを食らわすかといえば、たいてい倭奴はバラバラだからですよ。バラバラに留まっていては、簡単に節度営から追捕されてしまう。だがこのたびの倭奴には、どうやら一軍を率いるだけの器量を持った将がいると思われます」

「その将とは何者でしょうな」

鄭夢周が問う。

「分かりません。なれど令公(れいこう)の方が、よくご存知なのでは」

朴修敬に指摘され、鄭夢周が曖昧な微笑を浮かべる。親元派にも親明派にもいい顔をする鄭夢周は、九州探題の今川了俊にも通じていた。

「九州探題にも見当がつかぬそうです」

「信用できるのですか、九州探題は」

「少なくとも倭寇に関する件は信用してよいと思います。博多を押さえた九州探題は、我が国と交易がしたいのです。倭寇はその障害になっていますから」

「なるほど」

朴修敬は引き下がったが、一座の抱いた疑念を素早く嗅ぎ取った鄭夢周が、抜け目なく付け加える。

「少なくとも征西宮（懐良親王）ではありませんな、いま征西宮は九州探題によって筑後国の山奥にまで追いつめられており、海域への影響力を完全に失っています。征西宮の動向に関しては、大内殿（古くから朝鮮半島との交流がある周防国主）の報告と矛盾（むじゅん）なく一致しており、間違いないかと思います」

これを聞いた都堂の面々が、腑に落ちた様子でうなずき合う。一座の空気が明るくなった。待ってましたとばかりに、首座の辛禑王が威勢よく呼ばわった。

「倭奴を出し抜いて奴らが群山湾に築いた船城を焼き払ったと聞く。ならば倭奴は袋の鼠ではないか。朴修敬ほどの軍将を遣わせば、我が国内で孤立した倭奴の息の根を止めることなど容易いはず」

その檄に一抹の不安を感じた鄭夢周だったが、ここでそれを言っては、何としても李成桂の起用を避けたい李仁任の不興を買うだろうと察し、話柄の向きを少しだけ変えた。

「上国（明）から例の火砲の製法を伝授されたのは崔茂宣と申す者。最も効果的にこの火砲を使える機会を待ったのも、この者にございます」

この軍事機密の漏洩を恐れて、李仁任への報告を止めたのは、鄭夢周である。だが、いまとなっては李仁任も鄭夢周を罰することはできない。

「うむ、両名の者、忠義じゃ」

首座で辛禑王が発すると、平静を装って李仁任も同意した。

「朴修敬に追討使を命じる。誰ぞ異議のある者はおるか」

呼ばわった辛禑王に、一同異議なく平伏した。

五

高麗国軍を率いた朴修敬が注視したのは、アギ・バートルに率いられた日本軍の進路である。秋風嶺を越えたアギ・バートル軍は尚州に入ると、ここで止まってしまった。

尚州の節度営からは援軍の要請が引きも切らずに入ったが、朴修敬はこれを全て無視する。朴修敬は副官の裴源(はいげん)に告げた。

「倭奴が尚州に入ったのは、一つにはかの地に集まる食糧を押さえるためであろう。だが倭奴は群山湾の船城を焼き払われながら、引き返そうとせず、逆に内陸深くに侵攻してきた。敢えて『袋の鼠(ねずみ)』になったのだ。それは何ゆえか。おそらく倭奴の大将には相当の覚悟があるのだろう。その覚悟が奈辺(なへん)にあるのか、見定めなければならぬ。わしが尚州の節度営の援軍依頼を無視し続けるのも、そのためだ。倭奴の狙いが分からなければ、我らも軍勢の動かしようがない。もし倭奴が北上すれば首都開京を目指すと判断し、我らは忠州の手前の鳥嶺でこれを待ち伏せする。もし南下するならば倭奴の狙いが全羅道だと見極めて、我らは咸陽(かんよう)に先回りして倭奴を殲滅する。いずれにせよこのたびの倭奴が盗もうとしているのは、人や米ではなく、我が国土に違いない」

朴修敬に率いられた高麗国軍の狙いは、一戦殲滅にあった。群山湾の船城を焼き払って補給線を切った以上、時間をかけて兵糧攻めにした方がよいように思われるが、そうはいかない事情があった。

高麗国内にも余裕がないのである。時間が掛かれば、まだ倭寇を平定できないのかと、国内から不満が噴出してしまう。また戦いが長引けば、それだけ国土が疲弊(ひへい)してしまうのだ。高麗全土の荒廃を避けるためには、尚州の犠牲もやむを得なかった。

合戦の指針を決めるのは総大将の朴修敬であって、副官の裵源は朴修敬が仕事をしやすくするのが務めである。

「倭奴軍の正体は分かったか」

朴修敬に問われ、裵源は答えた。

「このたびの本朝を騒がす倭寇の動き、どうやら倭奴を率いる大将のせいだと思われます。いまだ元服前の少年が大将らしいですが、毛色の違いはそれだけではありません。その少年は倭奴から神のように仰がれ、数千の倭奴が揃って服していると聞きます」

「ならば事は容易だ。その大将を討ち取ればそれで済む」

朴修敬は不敵にうそぶいた。

時をやや戻す。秋風嶺を越えるとき、カラスは子ガラスに漏らした。

「この国は禿山ばかりだな」

異国へ来た実感に迫られた気分だ。鬱蒼たる森林に覆われた熊野の山々とは、まるで光景が違った。

「なつかしいですか、故郷が」

まぜっかえすように子ガラスに訊かれ、カラスはちょっと笑った。

「そうじゃない」

カラスは首を横に振ってみせたが、子ガラスが畳み込んできた。

「懐かしい、と思っていなくても、懐かしがっているんですよ。だってこの光景より熊野の光景の方が安心するでしょ」

「そうかもしれんな」

懐かしがっているのかいないのか、カラス自身にもよく分からなかった。ただ異国に来た実感が、困難な未来を想起させたようだ。カラスは肌身離さず持っている例の防具に手を触れ、ふと千鶴御曹司の方をうかがった。

のちにアギ・バートルと呼ばれた千鶴御曹司も、懐の何かに手を触れ、天を仰いでいた。

――いよいよか。

カラスが武者震いに襲われる。朴修敬を大将とする討伐軍が開京を出陣したとの知らせは、すでに此処まで届いていた。

アギ・バートル軍が、尚州に入る。迎え撃つ尚州の節度営は追捕の網を張っていたが、数千といういまだ倭寇の襲来では見られなかった大軍に仰天し、たちまち追捕の道具を放り出して逃げ散ってしまう。節度営の残党は朴修敬の高麗軍に助けを求めたが、これを拒否されて逼塞する。

こうして尚州は簡単にアギ・バートル軍の手に落ちたが、アギ・バートルが朴修敬の高麗軍から眼を離すことはなかった。

内陸に侵攻していったアギ・バートル軍はどこへ向かうつもりか。

固唾（かたず）を呑んで見守る高麗方に、尚州で止まってしまったアギ・バートル軍は、不気味に映ったに違いない。開京の王宮に詰める都堂の面々は、アギ・バートル軍の狙いが分からず、不安に駆られて朴修敬に次から次へと報告を求める使者を送る。中には尚州を見殺しにしたことを咎める辛禑王の使者もあった。

朴修敬はこれらの使者への応対を副官の裴源に任せていたが、その返答は丁重ではあったものの、アギ・バートル軍のこののちの展望も含め、高麗軍の作戦に関しては一切漏らそうとはしなかった。

「都堂の面々は不安にさせておけ。不安が募れば募るほど不気味な倭奴を退治するであろう、この朴修敬への有難みが増すはずだ。いま迂闊に作戦など漏らせば、都堂の面々の誰かが李成桂に通じるかもしれん。そうなってみろ、わしの手柄をあの女真野郎（李成桂）に横取りされかねんぞ。国王から叱責の使者が来たようだが、大事なのは李仁任の方だ。叱責の使者が李仁任から来たのでない限り、わしの地位は安泰だ」

そう朴修敬は裴源に言い含めていた。

六

アギ・バートルの狙いが分からぬという点では、カラスたち熊野衆も同じであった。アギ・バートル軍の動きが、高麗方にはひどく不気味に映ったらしいが、尚州での彼らはどっちつかずの気分であった。

誰もアギ・バートルに今後のことを尋ねようとはしない。尋ねようとはしないが、気にはなった。食糧が手に入って安堵したせいか、誰もせっつきはしないが。

アギ・バートルに近侍するカラスは、いつもその姿を目の当たりにしていた。夜になるとカラスは居眠りしたが、目を覚ましてみると、いつもアギ・バートルは身じろぎもせず端座していた。

――何をお考えなのだろう。

カラスの胸に兆したが、声をかけるのは憚られた。

――熊野衆の天命を決するのは御曹司であって、下人の分際でおれが口出しすることじゃない。おれが御曹司をお助けできるのは、おれの分際に合った場だけだ。

だがアギ・バートルが、時々手のひらを握り締めているのには気づいていた。

――あれは家宝の真珠に祈りを籠められているのだろうか。

その姿を目の当たりにするたびに、カラスはそう推し量ったが、やはり面と向かってアギ・バートルに尋ねられる雰囲気ではなかった。

カラスは待つだけだった。アギ・バートルの決定を。

七日目。ついにアギ・バートルが、カラスを招き寄せた。意気込んでアギ・バートルの前にひざまずいたカラスに、アギ・バートルは告げた。「熊野の祭りを行う」と。

「本式にございますか」

カラスが問う。

「本式だ」

迷いなくアギ・バートルは答えた。

ここで本編を止めて読者の皆様にお断りを入れる。これから先の本式の内容は、現在の感覚では倫理的に受け入れられない方も多くいるだろう。しかし、アギ・バートルはじめ熊野衆がこの高麗遠征にそれほどの覚悟と悲壮感をもって臨んでいることを表すために、敢えて当時の慣例に沿って忠実に描くことをご理解いただきたい。なお、この本式の内容は『高麗史日本伝』にも伝えられているものである。もし、この部分を読むことを避けたい読者の方は二一三頁五行目より再開してほしい。

本式で挙行するには生贄（いけにえ）が要る。生後三年の女の子だ。生身の人を生贄とする本式の祭りは、熊野でも長く行われていない。だがアギ・バートルは命じたのだ、熊野の祭りを本式で挙行する、と。

カラスは子ガラスを呼んで、御曹司の命令で熊野の祭りを本式で行うと話した。カラスの緊張が子ガラスにも伝わり、子ガラスが尋ねる。

「法印殿にも知らせてよいですか」

子ガラスは船城の一件があって以来、小松法印を見直している。

「いいよ」

カラスは答え、「おれも奈留殿に伝える」と付け加えた。

集った四人に躊躇(ためら)いはなかった。子ガラスが占領した尚州の街から、三歳の女の子をかどわかしてくると、連れてこられた女の子は、先の運命を知らず、ニコニコと四人を見わたした。

奈留久が女の子の頭を撫でた笑顔のまま、いきなりその首の骨を折る。死体となった女の子を、カラスに渡した。

「捌(さば)くのはきついのでは？」

他の三人から訊かれ、カラスはかぶりを振った。

「熊野ではイノシシを捌いて食います。それと同じですよ」

イノシシと人間の女の子は同じではなかったが、カラスは同じであるかのように、鉈(なた)みたいな包丁を使って捌いていく。吐き気をもよおす臭気にみなが顔をしかめるなか、カラスは平気なふりをして生々しい臓器を取り出した。血が滴っている臓器から眼をそらした小松法印へ言った。

「法印殿、洗った米をおさめてください」

小松法印が覚悟を決めたように、生贄の腹に洗った米をおさめる。火にかけられようとして、奈留久が冷静に止めた。

「生贄の髪を剃(そ)らなければいけません」

手際よく奈留久が、生贄を坊主頭にする。火にかけられ準備が整うと、アギ・バートルの前に捧げられた。焼死体みたいな生贄を見ても、アギ・バートルには気持ちを動かされた気配はない。

熊野の祭りは夜になって挙行された。松明が明々と夜空を焦がし、八咫烏が染め抜かれた幔幕(まんまく)の内に八幡大菩薩の大旗が掲げられた。アギ・バートルを先頭に、神妙な顔を並べた熊野衆が幔幕の内に入っていくと、梛(なぎ)の葉で飾られた神棚に捧げられたように、黒焦げの生贄が安置されていた。

小松法印が進み出て、竹で編んだ籠(かご)らしきものに載せられた生贄を祭壇から下ろす。その場に集った熊野衆に回され、みなは生贄の腹におさめられた米を、順番に手づかみで食っていく。カラスの順番がやって来て、黒焦げの生贄がカラスの前に進められる。一瞬ひるんだカラスが、生贄の腹に手を突っ込んで中の米を食らう。生臭い味がして、カラスは顔をしかめた。咀嚼(そしゃく)したが喉を通りにくい。覚悟を決めるように、ごくりと呑み込んだ。

最後はアギ・バートルだ。こんなおりにも、なんたる品のよさだろう。カラスのように咀嚼に四苦八苦することもなく、いつ嚥下したのかも分からぬうちに、生贄の米を食する儀式を終え、真っ暗な天を指さして、梛木の葉で飾られた神棚を拝礼する。神棚の螺鈿の箱に納められているのは、おそらく家宝の真珠に違いない。

真っ暗な天を指さしたアギ・バートルが神棚を拝礼するのを合図に、列座の熊野衆がアギ・バートルに倣って、一斉に天を指さす。神棚を拝礼したアギ・バートルが、己れの胸を指さした。列座の熊野衆も、これに倣って各自の胸を指さす。

アギ・バートルが手ずから神棚に据えられていた螺鈿の箱を八幡大菩薩の大旗に結び付けて呼ばわった。

「明朝、一番太鼓とともに出陣する」

満座の熊野衆の鬨(とき)が、幔幕の内に轟く。翌朝、熊野衆は数千の騎馬軍となって、八幡大菩薩の大旗を掲げた小松法印を先頭に進みだす。

アギ・バートルの軍配が指した方角は、南であった。続々と南下していった。首都開京では都堂の面々が、アギ・バートル軍の南下を知って胸を撫でおろす。

――倭奴は北上してこぬぞ、やれやれ。

その緩んだ空気を察したのか、あの男がやって来た。

李成桂だ。朴修敬が李成桂のことを、女真野郎と陰口したように、彼には女真人ではないかという噂があった。事実かどうか知らぬが、彼に影のように従う李豆蘭が女真人であり、彼が率いる軍が女真人から成るのは確かである。

李成桂は朴修敬とは全く違う。都堂の面々との摩擦を避ける発想はない。都堂の面々の胸ぐらでもつかむように睨みつけて発した。

「御辺ら、なにを呑気に構えとる。咸陽と南原を取られたら、全羅道は倭奴の手に落ちる。遠い全羅道のことだと安心しとるのではあるまいな。全羅道を取られてみよ、官漕は全く滞り、贅沢三昧に飽食しとった御辺らも食い扶持に困るようになってこの国には安住しとられんようになる。代わりに倭奴は全羅道の豊かな米麦を抱えてこの国に居すわるというわけだ」

都堂の面々も、そして辛禑王も、李成桂が苦手だ。彼らは朴修敬が倭寇を無事に退治して、李成桂の出番が来ぬことを、首都開京から願った。

アギ・バートル軍の南下を知った朴修敬の高麗軍は、先回りして咸陽に入る。水も漏らさぬ布陣で、これを待ち受けようとした。

朴修敬の高麗軍が咸陽で包囲陣を布き、アギ・バートル軍を殲滅せんと待ち構えていると、星州まで南下したアギ・バートル軍にすぐさま知らせたのは、仮面芝居の才人である。

応対したカラスは、以前にも才人に会ったことがある。だが、どの才人も素顔そのものが仮面のように無表情で、以前に会った才人かどうかの見分けすら、カラスにはつかなかった。

カラスが才人の密告を本陣に伝えると、アギ・バートルの隣に控える小松法印が言った。

「罠かもしれない。当方からも物見を出して確かめるべきかと存ずる」

アギ・バートルが小松法印に尋ねた。

「物見ができる者で、この国の言葉が分かる者がおるか」

すると小松法印は、こう応じた。

「物見ができて、この国の言葉も分かる者を探し出します、それまで此処に留まってお待ちになるべきかと」

「留まって待つ間に、みすみす勝機を逃すことになる」

「なれど――」

「その才人の注進は信用してよいと思う」

アギ・バートルがカラスの方を見やる。小松法印は悟った。アギ・バートルは小松法印の顔を立てて物見を出すことに同意したに過ぎず、カラスの報告を聞いた時点で突入を決めていたのだ、と。

小松法印が引き下がると、アギ・バートルが螺鈿の箱を結び付けた八幡大菩薩の大旗を握った。

「いまより予が先頭に立つ」

懐に防具を抱いたカラスも、奮い立った。

「お供つかまつる」

引き退いた小松法印へ、アギ・バートルは声をかけるのも忘れない。

「法印、熊野衆の意地を見せよ」

小松法印がアギ・バートルに示したのは、船城が焼かれたさいに兵船の高麗兵から奪い取った槍だ。

「この得物にて」

槍を叩いてみせた小松法印に、アギ・バートルがうなずいてみせる。

咸陽で待ち構える朴修敬には、ある思い込みがあった。倭寇に騎馬は少ないという思い込みだ。長く倭寇と戦ってきたゆえに落ちた陥穽(かんせい)かもしれない。

だから咸陽の沙斤野駅にアギ・バートル軍が入ったと知らされ、朴修敬は慌てた。

アギ・バートル軍がやって来るのが、朴修敬の予想よりも早かったのだ。

待ち構えていたはずの朴修敬軍の方が、逆に浮足立ってしまった。いまだ包囲陣には未完成な場所がある。臨機応変にアギ・バートル軍を迎え撃つ態勢を取ったらよかったのに、慌てた朴修敬は急ぎ包囲陣を完成させようとした。

アギ・バートル軍が包囲陣の真中にいきなり突っ込む。包囲陣を完成させるべく右往左往と備えを乱していた高麗軍は、アギ・バートル軍の突入を許してしまい、先頭のアギ・バートルは手薄な本陣にたちまち迫った。

本陣の朴修敬は、先頭に立って突撃してくるアギ・バートルの姿を、はっきりと見た。裴源以下の幕僚たちも、はっきりと見た。うちの誰かが叫ぶ。

「アギ・バートル（少年勇者）！」と。

アギ・バートルに従うカラスは、防具を懐にアギ・バートルの騎馬に近づこうとする。だが馬術の技量の違いか、なかなか近づけない。

いまだアギ・バートルは八幡大菩薩の大旗を掲げている。突進してくるアギ・バートルめがけて、朴修敬の本陣から放たれる矢が集中した。

なかなかアギ・バートルの騎馬に近づけないカラスが苛立って叫んだ。

「法印は何をしている。早く御曹司から大旗を受け取れよ」

藪蛇に小松法印から怒鳴り返されそうな罵声を吐いたカラスが、なおも騎乗のアギ・バートルに近づこうとして啞然とする。

朴修敬の本陣から矢が放たれるたびに凶暴な矢声が上がっているにもかかわらず、一矢たりともアギ・バートルをとらえられない。補陀落信仰を揶揄してきたカラスでさえ、八幡大菩薩の御加護ではないかと眼をこするほどだ。

そのアギ・バートルの勇姿に、従う熊野衆は勢いづく。口々に喊声を上げて騎馬の尻に鞭打つ。一団となった数千の騎馬軍が、朴修敬の高麗軍を粉砕した。熊野衆の騎馬技術が高かったとは思えないが、幸いにも高麗軍兵の騎馬技術もあまり高くない。たちまち手薄だった本陣まで攻め込む。

「退却だ」

泡をくった朴修敬が裴源を振り返ったときにはもう遅い。敵本陣の幔幕を踏み倒した小松法印が、そこにいた。高麗兵から奪った槍を、逃れようと背を向けた朴修敬に突き入れんとする。朴修敬を追う小松法印。死角に入ったのは副官の裴源だ。死角から小松法印に斬りかかろうとした裴源に気づいたのは、奈留久だった。

奈留久が裴源を仕留めるのと、小松法印が朴修敬を討ち取るのと、ほぼ同時だった。大将の朴修敬が討ち取られたのを見て、本陣の幕僚たちが逃げ散っていく。

朴修敬の首を竿頭した小松法印が得意げに雄叫びを上げ、裴源を討ち取った奈留久が密やかにカラスの傍にやって来る。冷静な声で告げた。

「どうやって御曹司が敵の矢を防いだかご覧になりましたか。射向（いむけ）の袖と冑の錣（しころ）で上手にかわしておられました。見事でしたが、僥倖（ぎょうこう）が大きかったと思います。僥倖が次も続くかどうか、よくよくお考えになることです」

奈留久はカラスが後生大事に抱えた防具に一瞥をくれて、立ち去っていった。その奈留久に一礼したカラスが、防具を胸に天を仰いだ。

七

高麗軍大敗の一報が、首都開京を震撼させた。李仁任に奉じられた辛禑王の御前で、都堂の面々の鳩首会議が始まる。

咸陽が陥落し朴修敬も戦死した完敗だった。

「次は南原か」

都堂に列する誰かがつぶやく。

「咸陽が落ちた以上、慶尚道への連絡路は敵に握られたも同然。この上に南原まで取られたなら」

朝鮮半島の南部は倭寇の占領地となってしまう。穀倉地帯である全羅道を奪われれば、アギ・バートル軍数千の食糧問題も一気にかたが付いてしまうのだ。

「それがこのたびの倭奴の狙いか」

力なく都堂に列する一人がつぶやくと、別の一人が声を励まして反駁した。

「あきらめるのはまだ早い。倭奴が群山湾に築いた船城は、幸い我が水軍が焼き払うのに成功しております。いまだ西の海の制海権は我が国のもの。群山湾の船城を焼き払ったおかげで、海路のみならず陸路にも差し障りはございません」

「それも南原を奪われては……」

「何としても南原を守るのです！」

断固として告げたその都堂へ、おもむろに李仁任が問うた。

「どうするのだ？」

その皮肉な口調から、迂闊に李成桂の名を出すのはまずいと察したその都堂は、窮余の一策をひねり出した。

「上国（明）に援軍を乞われては、いかがにござろう」

李成桂に討伐軍の大将を命じるよりはよいと、李仁任は考えるに違いない。そう読んだのだが、李仁任はその都堂の案を一蹴した。

「朱元璋は」と、李仁任は明国の皇帝を尊称せず、不躾にその名を呼び付けにした。

「少し前まで紅巾賊の首領だった男ではないか。援軍など乞えば、国境を越えたとたん奴の軍は盗賊の群れに早変わりして、我が国の国土に乱暴狼藉をはたらくに違いない。倭寇の方がまだマシかもしれん」

李仁任は吐き捨て、その都堂は慌てて口を閉じる。首座の辛禑王が李仁任へ問うた。

「ならばいかがする」

「ときを稼ぐのです。いまだ南原は落ちていません。朴修敬も裴源も戦死したとはいえ、国軍にはいまだ兵力があり、此処（開京）から武器兵糧も送れます。大将を失った軍勢の士気がふるわぬなら、籠城策を取ればいい。倭奴の軍には勝利の勢いはあっても、持ちこたえる体力がない。倭奴は兵糧の補給線すら切られているのです。籠城策によってときを稼ぐなら、必ず倭奴は勢いを失います。そのときを見計らって討伐すれば、どうして倭奴を退治できぬということがありましょうや」

だが事態は自信満々に述べた李仁任の想定を超えて動く。李仁任は朴修敬の残存部隊を籠城に使えると目算したが、これらの高麗軍は籠城する前に、アギ・バートル軍の追撃を受けて壊滅してしまった。たとえ戦死した兵士の数は少なくとも、備えを失ってバラバラになった軍は、もう軍の体をなしてはいない。

南原を守る高麗軍は、もういないのだ。これを知って都堂の面々は、咸陽の大敗を聞いたときより、さらに慌てた。もはや鳩首会議も止めにして、亡命の支度に取り掛かろうとしていたところに、李成桂を伴った鄭夢周が現れた。

政府高官でありながら咸陽大敗以後、鄭夢周が首都開京の王宮に出仕することはなかった。彼は慎重に事態の推移を見極めていたのである。そしていま満を持して李成桂とともに王宮にやって来たのだ。

辛禑王と李仁任は、鄭夢周はもちろん李成桂とも会わないわけにはいかない。鄭夢周の李成桂を大将軍に任命すべきだとの主張に、判断をあやまって高麗国を窮地に陥れてしまった李仁任は、反対する術を失っていた。

鄭夢周はいま李成桂を派遣すれば、朴修敬が戦死して崩壊した高麗軍を、再びまとめて南原防備に当てられると説いた。これは正論だ。しかも李仁任の失策を救う正論だった。どうして李仁任に反対できよう。

鄭夢周の主張を容れ、李成桂を大将軍に任じた辛禑王が、二人が退席したのち李仁任を宥めた。

「毒を以て毒を制す、と言うではないか」

「仰せの通りにございます。しかし李成桂が我らの制御が利かぬ猛毒となってしまえば万事休す、にございます」

「摂政（李仁任）は李成桂の勝敗、いずれを願っておるのじゃ」

「むろん李成桂の勝利を願っております。李成桂は我が国の将軍ですからな。今のところは」

奥歯にものが挟まったような言い方に、李仁任の危惧が現れていた。

八

一方、大将軍に任じられた李成桂は、野に放たれた虎のごとく生き生きとしていた。

「待った甲斐があったというものだ」

李成桂が話柄を向けたのは、腹心の李豆蘭である。

「ものには順序というものがある。汝は王命など無視して、勝手に軍を出せばいい、と力説しておったが、そんなことをしでかせば、たとえ倭奴を退治しても、上国（明）の覚えは芳しくなってしまう。摂政（李仁任）は上国の皇帝を夜盗の親玉のようにくさしているが、たとえ紅巾賊の首領上がりだったとしても、上国の皇帝となった以上は中華秩序の頂点に立つ体現者ではないか。皇帝の前歴にとらわれすぎて、摂政はそのことを忘れておるのよ。だからおれは中華秩序の守護者たる皇帝の御意にかなうべく、王命を重んじてみせたのだ。分かったか」

説教されて畏まった李豆蘭が、両眼をギラギラさせて答える。

「上国の支持が大事であるのはようわかり申した。なれど我ら野蛮人がお聞きしたいのはそのことではない」

「倭奴を攻める軍策を聞きたいか」

「いかにも。倭は野蛮なれど侮れぬ国で、しかもこのたびの倭奴はアギ・バートルなる非凡な大将を推戴していると聞いとります。浮かれとっては、我ら揃っていくさ場に屍（しかばね）を晒（さら）すことになりましょうぞ」

これを聞いて豪快に笑った李成桂が、李豆蘭に倍する迫力で答えた。

「軍策などない。ただただ真正面から力攻めするだけだ」

李豆蘭以下の精悍（せいかん）な女真人たちが、揃って平伏する。

開京を出陣した李成桂軍は、急ぎ南原に入った。すると李成桂の着陣を知った朴修敬配下の高麗軍残党が、李成桂のもとに集まってきて南原を守る蛟龍山（こうりゅうさん）城の守備に就く。

蚊龍山城はアギ・バートル軍の猛攻を受けたが、李成桂軍の後詰を受けて踏ん張る。なんとか蚊龍山城が持ちこたえている間に、李成桂軍は戦闘態勢を整えた。

「間に合いましたな。これで力勝負に持ち込めます」

李豆蘭が手に唾して言いに来たが、これを李成桂は一喝する。

「油断するな。背後から不意を衝かれることはないだろうな」

「背後と言いますと？」

首をひねった李豆蘭の注意を、李成桂は喚起する。

「たとえば晋州だ。我が軍はことごとく雲峰方面を向いておる。アギ・バートル軍に対峙するためだ。もし倭奴の別働隊が晋州方面に回っていれば、これに後ろを取られてしまう。そうなれば、いくさで最もやってはいけない挟撃を食らう結果となる」

なんと心配性な、と李豆蘭の顔に出たが、李成桂に絶対服従の彼は、その指図通りに南原を背後から不意打ちできる各所に偵察を出す。

どこも静かなものだった。とりわけ晋州は内陸部にあるせいか、倭寇の急襲を受ける恐れもなく、騒然とした南原からあまり離れていないにもかかわらず、対岸の火事をうかがう呑気さだった。

「いずれの地にも倭奴は侵入しておりません」

李豆蘭は念のため報告したつもりだったが、これを聞いた李成桂は軍配を手のひらで打って躍り上がる。

「これで後顧の憂いなく力勝負に持ち込める」

無駄な偵察をしている間に先手を敵に取られてしまいましたぞ、とは李豆蘭も言わない。

精悍な面構えの女真軍団を率いる李成桂が、付き従う李豆蘭へ呼ばわる。

「倭奴は騎馬軍なのだそうな。愚かなことよ。我らと騎馬で勝負しようとは、身の程知らずもいいところだ」

「なれど倭奴ども、雲峰に砦を築いて立て籠っておりますぞ」

余計な偵察で時間を無駄にするから、と言いたげな李豆蘭へ、機嫌を損ねることなく李成桂は言った。

「案ずるな。このまま咸陽に向かうと見せかければ、簡単に倭奴どもを砦から引っ張り出せる」

李成桂に率いられた女真騎馬軍の動きを雲峰の砦からアギ・バートルは見下ろしていた。

「手はず通りに」と告げて、小松法印から捧げられた冑を受け取る。熊野源氏に伝わる黄金の鍬形を打った冑だったが、近侍のカラスは武骨な防具を胸に抱き直す。緋縅の鎧をまとったアギ・バートルは、白に近い葦毛の大馬にまたがり、八幡大菩薩の大旗を握った。

その姿は凛々しく、軍のどこにいても、一目で大将だと分かる。

これが本朝の流儀だ。軍兵たちは激戦の最中でも、常に大将の姿から眼を離さない。もし大将が敵に突進すれば、配下の軍兵たちも迷いなく大将に続く。もし大将が退却すれば、軍兵たちも退却に躊躇はない。

足利尊氏の不敗神話は、そうやって生まれた。常にいくさの先頭に立った尊氏は、決して敵に後ろを見せなかった。その勇姿に力を得た配下の武士たちは、一歩も引かずに戦ったのである。敵方の武士たちは、先頭に立って突入してくる大将が足利尊氏であると知ると、誰もこれに矢を射かけなかった。敵の大将に矢を射かけてはならぬという決まりはない。決まりはなくとも、誰も尊氏に矢を向ける者はいなかった。敵であろうと味方であろうと、みな本朝の武士であることに変わりはない。

――だが此処は異国だ。

奈留久の警告が、カラスによみがえる。

カラスの出で立ちは、軽便な鎧に高麗の冑をかぶり、短いモンゴルの弓矢を携えて、フンドシ姿を嫌う熊野川の舟指そのままに胡風のズボンに似た袴をはいた姿だった。レケオ風俗のようだが、本人にその意図はなく、動きやすさを追求したなら、その恰好になった。

アギ・バートルは和弓であり、和弓の者も珍しくはない。カラスにもこだわりはなかったが、長さがある和弓を使いなれておらず、取り回しの楽な弓矢を選んだだけだ。カラスの務めは、あくまでアギ・バートルの傍から離れぬことである。出で立ちも舟指時代からの袴をのぞけば、そのためであり、まなじりを決したカラスは防具を胸にアギ・バートルの傍に従う。

アギ・バートルが八幡大菩薩の大旗に結び付けた螺鈿の箱に、手を触れていた。カラスはアギ・バートルのそのしぐさを、何度か見たことがある。

――鳥居禅尼から伝わる真正の真珠に祈られているんだろうか。

カラスは恭しくその姿を拝したが、どこでいつ生まれたのかも知らぬカラスには、氏神に祈る気持ちを理解することはできない。

理解できないが、不思議に思うことはあった。

熊野に伝わる源氏の血筋といえば鳥居禅尼である。彼女は源頼朝の叔母だった。その血筋によって熊野を救ったと伝えられていた。

だが忘れているわけではあるまい。鳥居禅尼に同母兄がいたことを。しかもこの熊野で鳥居禅尼と一緒に育ち、当時の熊野を代表する源氏は、鳥居禅尼の同母兄の方であったことを。

その同母兄を源行家（ゆきいえ）といった。源頼朝との血縁の近さは、鳥居禅尼と同じだ。源行家に従った熊野衆は多かったにもかかわらず、いまの熊野で鳥居禅尼の故事が語られても、源行家の名が出されることは決してない。

二人とも足利尊氏が号した、八幡太郎義家（よしいえ）（源義家）の血を享（う）けた源氏であるにもかかわらず。

源行家は源頼朝と源氏棟梁の座を争い、敗れ去って頼朝から逆賊として討たれたのだ。源頼朝は己れと棟梁の座を争う源氏血族を決して許さなかったという。頼朝が粛清したのは、異母弟の源義経（よしつね）だけではない。その苛烈（かれつ）さは周囲を震え上がらせたが、代わりに頼朝は己れの棟梁の座を脅（おびや）かす危険のない血族には優しかったそうだ。たとえば出家、そして女性。源頼朝は棟梁の座を争う源行家には容赦がなかったが、同じ叔父であっても出家して僧侶になった者は「目上の源氏血筋」として優遇したそうだ。鳥居禅尼が尊重されたのも、同じ理由からなのだろう。

そう考えれば、源行家から眼をそらして鳥居禅尼を称揚し、その血筋を崇め奉るのは、熊野衆のまやかしのように思えるが、はたしてそうであろうか。

かつて元寇のさい、辣腕で知られる北条時宗が、全国の武士を結束させる手段として、当時将軍だった惟康王を、貴種の代表である皇族だったにもかかわらず、まるで源頼朝の子孫であるかのように、源惟康と名乗らせたことがあった。

これは茶番もいいところだ。誰も惟康王が源頼朝の子孫だとは思わない。源頼朝の直系が途絶えていることは、武士の端々まで知っている。それでも北条時宗は、その策を強行した。それほど源頼朝は有効だったからだ。武士の世が源頼朝に始まるということは、武士ならば誰でも知っていた。武士たちはそれぞれに氏神を持っていたが、それらの氏神を全て束ねているのが源頼朝だ。

だから武士たちは源頼朝の後継者を探していた。武士たちの世を継続させてくれる棟梁を。それらの武士たちの希望に、足利尊氏はぴったりだったのである。

熊野も同じようなものだ。鎌倉幕府は源頼朝の直系が途絶えたあと、北条氏が権力を握っていた。鎌倉幕府から目の敵にされた熊野には、結束の象徴が必要だったのだ。「得宗（北条氏の総領）がなんぼのもんじゃい」と、啖呵を切る根拠と言ってもいい。その熊野衆の心の拠り所は鳥居禅尼であって、源行家ではないのである。結果として源頼朝から重んじられた鳥居禅尼が、熊野衆の心の拠り所になっているのだから。

鎌倉幕府から悪党として征伐された頃にも増して、さらなる窮地に陥った熊野の期待を一身に集めるアギ・バートルが、なにを思い氏神に祈っているのか、カラスには想像もつかない。ただ、アギ・バートルに全てを委ねると気が楽になる自覚はあった。

――おれじゃ御曹司のようには背負えん。

カラスはアギ・バートルの背中を追って、砦から坂道を駆け降りる。


「出てきたぞ、計算通りだ」

そうつぶやいてほくそ笑んだのは、女真騎馬軍を率いる李成桂だった。

アギ・バートル軍は、李成桂軍を咸陽に行かせまいとするように追尾してくる。これぞ李成桂の思う壺だ。

騎馬に慣れた女真兵は、馬の向きを簡単に変えられるのだ。李成桂が李豆蘭に合図する。李豆蘭がオオカミの吠えるように絶叫するや、女真騎馬軍が一斉に向きを変えた。気が付けば、たった今まで追尾してきたアギ・バートル軍の真正面に、李成桂軍が向き合っていた。相手の出鼻をくじくように、李成桂軍が襲いかかった。

――殲滅だ！

李成桂の会心の笑みが、舌打ちに変わる。全軍の先頭に立ったアギ・バートルは確かに追尾の構えを見せていたのに、女真騎馬軍が突っ込んでくるや、八幡大菩薩の大旗を振って「引け」の合図を送り、その鋭鋒をかわしてみせたのだ。

「思ったより素早いな」

一糸乱れぬ動きを見せたアギ・バートル軍に、舌打ちした李成桂がつぶやく。

「追撃しますか」

李豆蘭から問われ、アギ・バートル軍の鮮やかな動きを目の当たりにした李成桂は、かぶりを振った。

李成桂軍の反転を予期していたようにも見えた。

——予期していようが、そうでなかろうが、どちらでも同じだ。

かわすだけのアギ・バートル軍では、李成桂軍に打撃を与えることはできない。ならば敢えて危険を冒してアギ・バートル軍を追撃する必要はなかった。

「敵軍はアギ・バートルの指揮通りに動く。じつに鮮やかで統率が取れている。ということは、アギ・バートルさえ討ち取れば、このいくさは終わりだ」

「アギ・バートルを討ち取れる機会がないかぎり無理に敵を追うな、という御指図か」

李豆蘭が確認したところ、李成桂は含み笑いでうなずいた。李豆蘭が全軍に李成桂の指示を伝えたところ、アギ・バートルの八幡大菩薩の大旗が、まるで李成桂軍を釣るように、ひらひらとその目前で舞い始めた。

「おれの手の内を読んだかな」

眉をひそめた李成桂が、勢い込んで八幡大菩薩の大旗に食いつこうとする女真騎馬軍を制止する。李成桂の統率が行きわたっていた女真騎馬軍も、ついつい深追いしてしまう。

「気を付けろ。なんぞ罠を仕掛けているかもしれん」

相変わらず戦闘を避けて退くアギ・バートル軍の行く手を、李成桂は注視する。もし罠が仕掛けてあるなら、アギ・バートル軍の退路に示唆（しさ）があるはずだった。

何かあるはずだ、と李成桂の注視が強まる。もう何度目だろう。攻めると見せかけて、退くのは。毎度肩透かしの連続で、傍目には李成桂軍がアギ・バートル軍をあしらっているように見えるだろうが、だんだん李成桂軍の追い払い方も、ぞんざいになってきた。すると、それを見透かしたように、ひょいと八幡大菩薩の大旗が李成桂軍の鼻先に現れ、目が覚めたようになった騎馬の女真兵たちは、獲物を追う狩人となって、これを追うのだ。

「また、逃げられたか」

退いていくアギ・バートル軍を眼で追う李成桂の声音も、うんざりしてくる。ただただ引くだけで、退路には何の仕掛け（伏兵を潜ませる等）もない。

「また来たぞ」

どうせまた引くつもりであろうと、李成桂軍が面倒臭げに追い払おうと接近する。八幡大菩薩の大旗を探したところ、やはり釣餌のごとく、先頭でひらひらと揺れていた。

――なんとかあれを捕まえられないものか。

そう本気で思わせるほど、間近くまで敵の大将旗が迫っていた。

緋縅の鎧に黄金の鍬形を打った冑の緒を締め、見事な葦毛の大馬にまたがったアギ・バートルの姿は、見失いようがない。

――あれを捕まえれば、このいくさは終わりだ。

騎馬術には自信がある。女真の騎馬兵たちは互いに目くばせを交し合い、油断したふりをしてアギ・バートルを誘い込もうとした。

わざと眼につきやすい動きをした女真騎馬兵が、これ見よがしにアギ・バートルを追いかける。楽々かわしたアギ・バートルの背後の死角に、別の女真騎馬兵がいた。

これで奴を包囲できる、と女真騎馬兵が勇んだときに、アギ・バートルはその罠を見破って擦り抜けてしまった。

くそっ、と女真騎馬兵たちが歯嚙みする。

——今度こそあの小癪な若造を捕まえてみせる。

むきになって女真騎馬兵たちは馬を乗り回す。だんだん周囲が見えなくなっていった。初めは配下の兵たちを窘めていた李成桂も、しだいにアギ・バートルの捕獲にのめり込んできた。

「やつを捕まえろ」と、先頭に立って配下を叱咤する。

アギ・バートルと李成桂軍のイタチごっこが始まった。イタチごっこをしながら、李成桂は自身が冷静ではないな、と自覚した。

だが冷静なばかりでは、いくさにならないのだ。

——まぁ、いい。どうせ我が軍に被害はない。

イタチごっこを繰り返そうが、戦死する兵はいないのだ。ならば、敵の大将を捕まえられるかもしれない、イタチごっこの方がいい。

李成桂は先頭に立って、配下を督励する。李成桂の督励を受けた配下の女真騎馬兵たちは、我先に進み出て眼の色を変えてアギ・バートルを捕えようと馬を走らせた。

もう李成桂軍は誰も周囲を見ていない。

アギ・バートルを追いかけることに血道を上げた李成桂以下の女真騎馬兵たちは、とうとうアギ・バートルを追い詰める。包囲陣から擦り抜けようと図ったアギ・バートルの退路を、女真騎馬兵の一人が、最後の仕上げとして塞ぐ。

——とうとうやったぞ、やつは袋の鼠だ。

勢い込んで女真の騎馬兵たちが、包囲の輪を縮めにかかる。これで敵の大将を討ち取れるぞ、と凱歌を上げようとした隙に、熊野兵の一団が騎馬で躍り込んできた。

小癪な、と怒った女真の騎馬兵たちが、奥まで入り込んだ熊野衆の騎馬兵を叩き殺そうと、馬をめぐらす。

騎乗技術では圧倒的な差がある。たちまちアギ・バートル軍は、女真騎馬軍に押しまくられていく。追いつめられたアギ・バートル軍の騎馬兵が、すんでのところで女真騎馬兵の鋭鋒をかわす。なぜかわされたのか、女真騎馬兵たちは錯覚していた。アギ・バートル軍の騎馬兵たちの動きに、女真騎馬兵たちの視線が集まっていたからだ。彼らの動きばかり見ていて、自分たちの足元を見ていなかった。

身の程を知れ、と勝ち誇った女真の騎馬兵たちが、ようやく周囲に気づき蒼ざめる。

「しまった！」

叫んだのは、大将軍の李成桂その人だ。

いつの間にか、追いつめていたはずのアギ・バートルの姿が消えていただけではない。李成桂自身の騎馬軍が、馬の脚が立たない湿地に誘い込まれていたのだ。いたる所に池沼が口を開けた湿地帯の中で、身動きが取れなくなった女真の騎馬兵たちが渋滞している。

――なぜ湿地のある此処に来てしまったんだ？

眼を白黒とさせた李成桂が、そのカラクリを察して臍を噛む。

――敵は何度退却しただろう。五度か六度か。いや、七度だったかもしれない。そのたびに我が軍は逃げる敵を追いかけた。決して深追いはしなかったが、敵の逃げる方へ馬を向けた。おれは敵の退却路に罠が仕掛けられていないか注意していたが、どうやら木を見て森を見ていなかったようだ。罠が仕掛けられていたのは、敵の退却する方向そのものだったのだ。敵を追いかけるうちに、少しずつ方向がずれていった。もし敵が方向を不自然に曲げていたなら、我らも気づいただろうが、敵は我らが怪しむような退却を決してしなかった。違和感のない方向へ逃げていったのだ。いや、違和感のない所に来るまで待って、我らを追尾するふりをしてみせたのかもしれない。

なんという老獪さであろうか。緋縅の鎧がよく似合うアギ・バートルの若武者ぶりを、李成桂は苦々しげに思い起こした。

——あの若造を、ちょっと舐めていたかもしれんな。

だが腰を据えて反省している場合ではない。腹心の李豆蘭が、蒼ざめて駆けつけてきた。

「令公、周りは敵兵ばかりにございます」

包囲されていたのは李成桂の方であった。

アギ・バートル軍は、追尾するふりをしている間に、どこに李成桂がいるか見極めていた。

——そりゃ、先頭に立ってアギ・バートルを追いかけていたんだから一目瞭然だわな。

李成桂が苦笑する。

それが李成桂軍の特徴でもあった。彼の名を上げた北方民族軍撃退のおりにも、李成桂の統率力の高さが際立っていた。

「令公、下がっていてくだされ」

李豆蘭が李成桂をうながす。親衛の騎馬軍を盾として李成桂を守ろうとした。

「それには及ばん」

うるさげに李成桂が、盾になろうとする李豆蘭を下がらせる。

「なれど――」

「おれを先頭に敵軍に突入するぞ」

「しかし」

此処は湿地帯だ。女真の騎馬力を発揮できない。

「馬の脚が立つ場所は、すぐそこだ。そこまで賊軍を押し返せれば、我が軍の勝ちだ」

「その通りですが」

はたして李成桂は、そこにたどり着くまで無事であろうか。

「わしが初めに下した軍令を覚えているか」

李成桂が李豆蘭に問う。

「覚えています」

李豆蘭に緊張が走る。李成桂はやるつもりだ。足場の泥濘を蹴散らして、李成桂が乗馬を前へ進める。

「続け！」

李成桂の号令が、一軍に轟き渡った。まっしぐらに女真騎馬軍が続く――と言いたいところだが、馬の脚の立て場が少ない騎馬兵たちは、やっとの思いで立て場を探して、ヨタヨタと続く。

条件はアギ・バートル軍も同じだったが、駆け場と違って、李成桂軍は騎馬技術の差を、ぬかるみに封じられている。この湿地帯で騎馬は決して有利ではなく、アギ・バートル軍には下馬している者も多かった。

それでも李成桂は、高麗随一の将軍の名にかけて、前へ前へと押し進む。その李成桂めがけて、アギ・バートル軍の放つ矢が、執拗に降り注いだ。李成桂に従う李豆蘭は、何とか包囲網を破ろうと試みたが、敵軍に突っ込んだ親衛隊の女真兵も、騎馬の加速力で敵の眼を欺けないのではどうにもならず、容易く討ち取られてしまった。

総大将自身が戦死の危機に陥っても、本陣から出る軍令は同じだ。アギ・バートル軍に包囲され矢衾を浴びせられてなお、李成桂は同じ軍令を発し続けた。

――前へ、前へ。敵軍を真正面から突破して前へ。

李成桂の乗馬が矢の雨を浴び、耳を塞ぎたくなる悲鳴を発して膝を折る。鞍から転げ落ちた李成桂だったが、素早く立ち上がると、ぬかるみに突っ込んだ顔の泥を拭い捨て、徒歩の敵兵が殺到する前に呼ばわった。

「替えの馬を！」

間に合った、と替えの馬に飛び乗った李成桂の左の膝あたりに、飛んできた矢が命中する。

「令公！」

傍らにいる李豆蘭には、それがかすり傷ではないと分かった。膝のあたりに、深々と矢が突き立っている。だが李成桂は顔色も変えずに、その矢を膝から抜き捨てた。

「黙っていろ」と、李豆蘭に命じる。

「士気に関わる」

そう落ち着いて続けた。

「なれど」

膝の傷を手当てしようとした李豆蘭を、李成桂は押しとどめる。

「倭奴は矢に毒を塗らんのだ。知っとるか」

李成桂は涼しい顔で言ってのける。

「仰せの通りにございます」

李豆蘭は畏まって応じたが、内心は違っていた。

——令公が抜き捨てた矢の鏃にごっそりと肉がついていた。うわぁ、膝のあたりが真っ赤じゃないか。

見まいとしても、李豆蘭は李成桂の左膝を見てしまう。

——この深傷では、もう先ほどみたいに、馬を斃されたさいに素早く立ち上がって難を逃れるのは無理だ。いま一度、乗馬を斃されたら、令公は終わりだ。

敵兵は李成桂を落馬させて、その手に握った鎧通しで仕留めようと周囲を徘徊しながら、李成桂の乗馬が矢衾で斃されるのを待ち構えている。

李豆蘭と親衛隊が弓矢で威嚇したところ、ちょっと下がったが、すぐにまた、獲物を狩るオオカミのように近づいてきた。

——倭奴め！

彼らの握った鎧通しは、一刺しで頑丈な鎧の隙間を貫く。

——来るな、来るな、近づけば、射殺すぞ。

弓矢を振りかざすようにした李豆蘭が、李成桂を狙う敵兵をなおも威嚇する。鎧通しの敵兵に気を取られている間に、もっと遠くから敵の矢が飛んできた。

李豆蘭も親衛の女真兵も、慌てて首をすくめる。李成桂を守ろうとして、足止めを食わされる。

「情けないぞ」

李成桂の叱咤が飛んできたが、さすがの李豆蘭にもどうにもならず。李成桂の本陣は停滞してしまった。

その間隙を衝いて李成桂の背後に迫ったのは、小松法印だった。李成桂とその本陣が、執拗に飛んでくる矢と鎧通しの敵兵に気を取られている隙に、その背後へ回り込んだのだ。

小松法印は意外にも、女真兵の甲冑で扮装していた。その恰好で馬にまたがり、親衛の女真騎馬兵に紛れて、そっと背後から接近していく。自慢の槍は高麗兵から奪った縁起物であり、その矛先をひそかに李成桂の背中に向けた。

おや、と李豆蘭が其方を見やる。李豆蘭が其方を見やったのは、小松法印の正体を見破ったからではない。仲間の女真兵だと思った者の、手綱の捌き方に違和感があったためだ。

――あいつ、なんだか馬の乗り方が変だな。

そう感じて眺めている間に、女真騎馬兵に化けた小松法印が、李成桂の背中に何食わぬ様子で近づいていく。李成桂は背後に迫った小松法印に全く気づいていない。親衛の女真兵たちも、鎧通しを手に李成桂の落馬を待ち構えている敵兵たちの威嚇に忙しく、当の李成桂まで小松法印が死角になってしまった。李豆蘭たちからも、小松法印が李成桂の陰に入ってしまって、見えなくなる。

鎧通しの敵兵たちが、先程よりも増えたようだ。右を見ても左を見ても、抜身の鎧通しを握った敵兵たちが、うようよしている。たまりかねた親衛隊の一人が、李豆蘭のもとに駆けつけて何事か訴えた。

その親衛兵の声がよく聞こえず、鞍にまたがったまま、李豆蘭が其方に身体を寄せた。向きが変わって、李成桂の背後に迫る小松法印が見えた。

「あっ」と短く発した李豆蘭に、おかしな手綱捌きをしていた不審兵がよみがえる。もう女真兵に扮した小松法印は、李成桂のすぐ背後まで迫っていた。訴える親衛兵を殴りつけんばかりに遮った李豆蘭が李成桂に叫ぶ。

「令公、後ろだ！」

鞭で打たれたように、李成桂が背後を振り返る。危険を知らせる李豆蘭の叫び声が、鎧通しの敵兵に気を取られていた親衛兵たちにも、李成桂の背後で槍の狙いを定めた小松法印を気づかせる。驚いた親衛兵たちは、威嚇のために振り回していた弓に矢をつがえようとするが、間に合わない。

ああ、と親衛兵の誰かが絶望にうめく。敵兵に扮した小松法印の槍穂が、李成桂を背中から貫こうとしたとき、李豆蘭が咄嗟(とっさ)に握った槍を、小松法印めがけ投げつけた。

破れかぶれの一撃に見えたが、槍を飛び道具にできた李豆蘭の勝ちだ。

投げ槍が馬上の李成桂を掠めて、己れの槍を振りかざした小松法印を、まともに貫く。あたりを震わせる手応えだ。落馬したのは小松法印の方だった。

矢声を放っていたアギ・バートル軍が、一瞬静まり返る。その隙を逃さず、たったいま命を狙われた李成桂が、湿地帯の向こうに広がる駆け場を指さして大音声に呼ばわる。

「駆け場はすぐそこだ。草っぱらだ、見えるだろう。あそこまで行けば、我が軍の勝ちだ。者ども、続け！」

李成桂の檄に勇気を得た女真騎馬軍が、獰猛な雄叫びを合わせる。李成桂を先頭に全軍一丸となって、李成桂の傍をうろついていた鎧通しの敵兵たちを蹴散らして一掃し、アギ・バートル軍を押し返してきた。

「敵の大将を討ち取るのに失敗したか」

八幡大菩薩の大旗を掲げたアギ・バートルが、自身に言い聞かせるようにつぶやいた。奈留久が、戸板に載せられた小松法印の亡骸を運んでくる。敵軍の甲冑をまとったまま息絶えた小松法印を一瞥したアギ・バートルが、「着替えさせてやれ」と命じる。

法印権大僧都が小松法印の矜持（きょうじ）だった。

「僧綱襟（そうごうえり）はあるか」

アギ・バートルが問う。一礼した奈留久が、小松法印の亡骸から敵軍の甲冑を取り外し、法印権大僧都の正装に着替えさせる。最後に僧綱襟を付けた。アギ・バートル以下の者たちが、正装した小松法印の亡骸に拝礼する。カラスもみなに倣って拝礼した。

「仏事を執り行ってやりたいが、その暇はないようだ」

アギ・バートルが、押し返そうと迫ってくる李成桂軍を眺め渡す。八幡大菩薩の大旗を高々と掲げた。先頭に立ったアギ・バートルが、馬の脚を立てるのが難しい湿地を疾走していく。数千の熊野衆は、そのアギ・バートルの背を追って後に続いた。防具を胸にしまったカラスも、アギ・バートルの傍を離れまいと馬に鞭打つ。たちまち馬が沼地に脚を取られてしまった。落馬したカラスが跳ね飛ばされて、誰かと宙で正面衝突する。誰かと思えば、騎馬の脚が立たずに四苦八苦している、前に出過ぎた女真兵だった。

びっくりしたのはカラスだけではない。相手の女真兵も宙から降ってきたカラスにびっくりしたろうが、機先を制したのはカラスの方だ。鞍上で格闘になる前に相手を引きずり下ろす。ぬかるみに落ちて組み合ったが、先手を取ったカラスの方が組み勝った。敵の女真兵の喉を裂き、返り血を浴びながら泥の中で立ち上がる。敵を討ち取ったのだから此処は首を挙げるところだが、カラスはその代わりに胸にしまった防具の無事を確かめた。

慌てふためきアギ・バートルの姿を探す。八幡大菩薩の大旗を掲げて、白に近い葦毛の大馬にまたがったアギ・バートルの姿は際立っている。すぐに見つけられたが、ずいぶん離れてしまっていた。焦って己れの乗馬に飛び乗ろうとしたところ、深い泥に突っ込んで脚を折ってしまった乗馬は、もう使い物にならない。呪詛の罵声を吐き捨てたカラスは、今しがた討ち取った女真兵の乗馬を探したが、どこかへ駆け走っていってしまったのか、もう見当たらない。また呪詛の罵声を吐いたカラスが、返り血と足元の泥にまみれ息せき切って己れの足で走り出す。

女真の騎馬力を封じた湿原での戦闘は、アギ・バートル軍に有利だった。坂本流拝み斬りで知られる山法師（延暦寺の僧兵）をはじめとして、西国の衆は短兵での戦闘が得意である。

女真兵は次々と討ち取られていく。だが、それでも李成桂に率いられた女真軍の突撃は止まなかった。もしこれが漢人や韓人の部隊だったなら、とっくに軍としての体を失い壊滅していただろう。だが、おびただしい戦死者を出しながらも、かまわず女真軍は無理押しに前へと押し出していく。

じりじりと押され始めたのは、アギ・バートル軍の方だ。

「まずい、もうじき敵軍は湿原を抜け出すぞ」

アギ・バートルに付いてきた奈留久が、李成桂軍を望んで緊迫した声を上げる。これを耳にしたアギ・バートルが、奈留久との間に従う一頭の軍馬を一瞥する。鞍に載せられていたのは、正装して僧綱襟を付けた小松法印の亡骸だ。案山子のようにも見えるのは、背筋が支えられているからだろうか。鞍にまたがらせた小松法印の亡骸は、馬の振動に合わせて、垂れた首と手足を、ブラブラと揺らしていた。小松法印の亡骸を載せた馬は、奈留久の助けを借りるまでもなく、自分でアギ・バートルの後に付いてきたのだ。

その馬をねぎらったアギ・バートルが、載せられた小松法印の亡骸に声をかける。

「法印、熊野に連れて帰ってやるぞ」

それから奈留久へ合図する。

「見ろ」と、女真騎馬軍の先頭に立つ李成桂の方を指さす。

「足に深傷を負っている」

冷徹に見通した声音だった。一礼した奈留久に続ける。

「乗馬を斃されれば、自力では行歩もかなわぬ。敵軍が湿原を抜け出す前に、あの大将軍を討ち取るのだ」

「承知しました」

再び一礼した奈留久が策をうかがう。アギ・バートルが応じた。

「わたしが囮となる。敵はわたしが大将だと知っているから、あの大将軍の親衛兵たちも、わたしの姿を見たなら、必ず討ち取ろうと前へ出てくるはずだ。わたしが親衛兵を引きつけて大将軍から引き離すから、その方は生じた間隙を衝いて大将軍を討ち取るのだ。いま申した通り、あの大将軍は足に深傷を負っている。乗馬から狙え。湿原から抜け出す前ならば、馬を素早く取り廻すこともできまい。もし乗馬を失ったなら、あの大将軍は前へ進むことも後へ引くこともできぬ」

「承りました」

奈留久が応じるや、ただちにアギ・バートルは馬を繰り出そうとする。これを止めた奈留久が、初めて異を唱えた。

「御曹司、カラスが追いつくまでお待ちになっては。それがしの郎等もまた、此処に追いついておりません。御指図に従って敵の大将軍を討ち取るには矢衾をつくらねばなりません」

アギ・バートルが、地を轟かせ押し寄せてくる李成桂軍を示す。

「間に合わん」

言い捨てて単騎で駆け出す。アギ・バートルの軍令が下ったのだ。奈留久も軍令に従って駆け出す。弓矢で直に狙える距離まで李成桂に接近したかったが、李豆蘭たちに阻まれてしまっていた。

奈留久は郎等たちが追いつくのを待って矢衾をつくりたかったが、アギ・バートルの指摘した通り、もう李成桂軍は泥はねを飛ばしながら、湿原を踏み越えようとしていた。

「御曹司のおっしゃる通りだ。間に合わん」

李成桂の方に矢をつがえながら、奈留久が独語する。乗馬の方が人よりも的が大きく狙いやすいが、それでも少し距離があり過ぎるようだ。

華が舞うように、騎馬のアギ・バートルが躍り出てきた。

「倭奴の大将だ」

李豆蘭たちの叫び声が此処まで聞こえてきた。奈留久には朝鮮語も少し分かる。アギ・バートルを討ち取ろうと、李豆蘭たちが、乗馬を引きずるように殺到してくる。

アギ・バートルの睨んだ通り、李成桂と李豆蘭たちとの間に付け入るべき隙間ができた。

「カラスは何をしている。あの役立たずめ」

奈留久が苛々と其方を見やる。眼に入ったのは、小松法印の亡骸を載せた馬だ。今度はアギ・バートルに付いてこず、おとなしく背後に控えていた。

「やはりカラスより馬の方が賢いな」

自身の吐いた皮肉が気に入ったのか、奈留久はちょっと笑って、弓に矢をつがえながら、アギ・バートルが李豆蘭たちを引き寄せて生じた隙間に、騎馬で突入する間合いを計った。

緋縅の鎧に黄金の鍬形を打った冑で白に近い葦毛の大馬にまたがったアギ・バートルは、太刀まで源氏重代の逸品であり、まさしく源氏の神話から飛び出たような姿であった。その神々しさに人々は惹き付けられて此処まで従ったのだが、この先は神々しさとは無縁の乱戦だ。別の備えが必要になる。

「何をしているのだ、カラスは」

再び奈留久が発した頃、カラスはアギ・バートルのもとへ駆けつけようと、懐にしまった防具を抱え、泥に足を取られながら懸命に走っていた。カラスがなかなかアギ・バートルに追いつけないのは、彼が乗馬を深泥に突っ込んでしまったせいだけではない。所々に敵の女真兵がいたのだ。これらの女真騎馬兵は前へ出過ぎた兵であり、一丸となった女真騎馬軍のように、相手を粉砕する圧力は全くない。件の女真騎馬兵たちは自分が前に出過ぎたと自覚しており、アギ・バートル軍兵と正面からぶつからないように心掛けていたため、忍びのような隠密行動だ。すぐにもアギ・バートルに追いつきたいカラスも、所々の女真兵を避けようと隠密行動だった。先ほどカラスが女真兵と衝突したのは物の弾みだったが、一度は女真兵と格闘したカラスは、より慎重に女真兵との遭遇を避けようとして時間を食っていた。

湿原をきょろきょろしながら這い進むカラスが着かないうちに、李成桂の本陣付近で戦闘が始まった。乗り出したアギ・バートルを狙って李豆蘭たちが馬の脚を乱しながらも接近し、女真親衛兵たちが李成桂から離れた隙に、奈留久が割り込んでいった。

奈留久が自分を狙っていると察した李成桂は、慎重に馬を操って矢の射程距離から遠ざかる。その李成桂に奈留久は矢継ぎ早に矢を連射したが、たった一人では包囲陣もつくれず、まばらな遠矢では脅威にならない。

李成桂を狙われたと知った李豆蘭は、急いで李成桂のもとに戻ろうとする。その李豆蘭に向かって、「来るな」と厳しく制止したのは李成桂自身だった。

「わしの身を案じるのは、アギ・バートルを討ってからにしろ」

李成桂の檄に励まされ、李豆蘭たちは、目の前を舞うアギ・バートルの動きを眼で追う。同時に牽制した相手は、奈留久である。もしこれ以上、李成桂に迫ったなら退路を塞いで討ち取るぞ、と牽制した。

奈留久は決して臆病ではなかったが、李成桂を追うことをためらった。郎等もいないでは矢衾もつくれず、李成桂どころか、その乗馬も斃せない。

――兵数で勝る敵軍が一丸となっていやがる。

端から分かっていたことだが、この土壇場でそれを思い知らされた。敵中深く入り込んで李成桂を視界に捉えながら、奈留久の立場は、じつに中途半端になった。退路を眼で確保しながら（李豆蘭たちの動きに注意しながら）、ときおり李成桂に効果の薄い矢を、まばらに放つのみだ。

一方、奈留久を牽制し終えた李豆蘭は、周囲の状況を検分して、配下の女真騎馬兵たちに告げた。

「このままじゃ、馬の脚の立て場を気にするばかりで、とてもアギ・バートルの素早い動きを封じられぬ。だが駆け場なら別だ。我ら得意の騎射が活かせる。そしておれはアギ・バートルの欠点を見抜いたぞ」

得意げに李豆蘭が、配下の女真兵たちを見回す。呆気に取られた女真兵たちへ、勿体付けた李豆蘭が続けた。

「汝ら、気づかなかったのか、アギ・バートルの軍装に」

顔を見合わせた女真兵たちに、李豆蘭が披露する。

「顔面を狙えばいい。アギ・バートルの軍装は華麗だが冑に難がある。あの冑は精巧で美しくとも、顔面や首筋を守るには不向きだ」

なるほど、と手を打った女真兵たちへ、李豆蘭が呼ばわった。

「ならば我が軍が駆け場に戻るまで待ったらどうか。戻った刹那を狙うんだ。それは潮目だ。潮目が変われば、アギ・バートルが無防備なまま、そこに取り残される瞬間が必ず生まれる。それこそがアギ・バートルを討ち取る機会じゃないか」

すると女真騎馬兵の一人が李豆蘭に質(ただ)した。

「おっしゃることはよく分かります。なれど手をつかねて見ているのはどうかと思います。もし我が軍が敵軍を押し返すのに手間取ったらどうします。先に令公が討ち取られてしまえば万事休す、ですぞ」

これを聞いた李豆蘭は、その女真騎馬兵の肩を叩くしぐさで双方の軍を指さす。

「汝、どちらの軍に勢いがあるのか、分からんのか。とっくに令公はご存知だぞ」

李豆蘭ら女真の親衛兵たちは、決してそれ以上、アギ・バートルの挑発に乗って前へ出ようとはしなかった。これ以上前へ出ると、李成桂との距離が開きすぎるし、それは奈留久に郎等が追いつくようなことがあれば、容易く進入を許すということだった。そうなればアギ・バートルよりも先に李成桂の方が討ち取られてしまうかもしれない。

先頭に立つアギ・バートルの姿は、軍のどこからでも見えた。みなアギ・バートルの姿に勇気を得て、その場に踏みとどまっていたが、カラスは右往左往して荒い息を吐き、額の汗を拭って、ふといくさ場を見渡す。

——どうやら合戦は膠着状態だ。

そう戦況を判断したカラスは、間に合う、と余裕を取り戻して、胸に抱いた防具に手を置く。忘れていた喉の渇きを癒すべく、竹筒の水をあおりながら、焦るな、焦るな、と己れに言い聞かせる。

焦っては、また女真兵と思わぬ遭遇をしてしまい、もしかしたなら己れの方が討ち取られて、胸に防具を抱いたままアギ・バートルに渡せずじまいで終わる、という顛末にもなりかねなかった。

慎重に動こうと心に期したカラスに、前触れもなく気配の変化が訪れる。おや、と首をひねった。

いくさ場の空気が変わっていた。もう膠着状態ではない。カラスは空気が変わるまで、全く分からなかったが、これが李豆蘭の言うところの「いくさの流れ」である。優れた軍将の李成桂はもちろん、李豆蘭配下の女真騎馬兵たちも、そして味方ならアギ・バートルも、いや、カラスが内心で軽んじていた亡き鈴木刑部でも小松法印でも、カラスより先に分かっただろう。

呑気に首をひねっている間に、いくさの流れが逆風となって、カラスにも吹き付けてきた気がした。

アギ・バートルは、先頭でただ一人だ。

この機を待っていた李豆蘭たちが、一斉に駆け場に上がる。乾いた地面は、もう馬の脚を引っ張ることもない。自在に馬を操り出した李豆蘭たちが、先頭で軍を引っ張るアギ・バートルを包囲しようとする。それでも葦毛の大馬にまたがったアギ・バートルは退こうとはしない。

——いや、退けないのだ。

水の入った竹筒を放り出して駆け出したカラスが、心の中で金切り声を上げる。

もしアギ・バートルが一歩でも退けば、たちまち全軍は雪崩を打って崩壊してしまう。そこが組織だった李成桂軍との違いだ。アギ・バートルも李成桂も軍の先頭に立って戦ったが、李成桂は父祖から受け継いだ軍閥の長であり、熊野を出たときに編成されたアギ・バートル軍とは歴史も成立も違う。組織だって動ける李成桂軍は李成桂が退こうとも、機能的に動くのをやめないが、アギ・バートル軍は違った。大将のアギ・バートルが全てであり、軍としての組織がまるでなかった。

　李豆蘭以下の親衛兵たちは、退こうとしないアギ・バートルを、とうとう包囲した。素早い手綱さばきでアギ・バートルの動きを封じると、自慢の弓矢の狙いを揃って定めた。

　弓弦が不気味にうなって女真の短い矢がアギ・バートルに降り注ぐ。アギ・バートルは袖鎧（そでよろい）を敵に向け冑の錣（しころ）を傾けて矢を防ごうとしたが、足元の心配がなくなった李豆蘭以下の女真騎馬兵たちは、乗馬を小刻みに進退させながら矢を連射する芸当で、アギ・バートルを追い詰めようとしていた。

「御曹司！」

　ようやくアギ・バートルに近づいたカラスが、声に出して叫んだ。もう防具も隠してはおけない。懐から引っ張り出し、武骨で不恰好なそれを振りかざす。アギ・バートルの神々しさを台無しにするそれを振りかざして叫んだ。

「いま御曹司を敵の矢から守ってくれるのはこれじゃ」

カラスは声を嗄らして、アギ・バートルに、その防具を示す。

「源氏の氏神ではない、これなのだ」

血を吐くようにそう発したとき、女真騎馬兵の放った一矢が、アギ・バートルの眉庇の奥に吸い込まれていった。

葦毛の大馬が、まるで主人が乗り移ったようにいななき、アギ・バートルが落馬する。

「御曹司！」

カラスが駆け寄ったときには、もうアギ・バートルの瞳は光を失っていた。目の前に駆けつけたのが、カラスだとも分からない。虚空を見つめたアギ・バートルの唇が、微かに動いた。

「……こえてゆけ……こえてゆけ」

カラスは懸命にアギ・バートルの唇に耳を近づけたが、それきりだった。強く握られたアギ・バートルの拳が、力尽きてゆっくりと開いていく。手のひらから現れたのは、真正の真珠だった。

拝みたい衝動に駆られたカラスが、ふと眼を上げて周囲を見回す。李豆蘭以下の女真兵たちが、新たな闖入者であるカラスを矢で狙っていた。

「うわぁ」とカラスが逃げ惑う。咄嗟にアギ・バートルに捧げようとした防具で顔面を覆った。飛んできた矢が防具に当たって火花を散らす。眼が眩んだカラスが、アギ・バートルの手のひらから真珠を取り返すと、一目散に駆け出した。

李豆蘭たちは追ってこない。アギ・バートルを討ち取った以上、危険を冒して追う必要はないと判断したのだろう。

その判断は、真っ当だった。

九

高麗全土を震撼させたアギ・バートル軍は、その大将を失うや、あっという間に瓦解してしまった。咸陽を陥落させ南原に迫って全羅道を制圧しかけたアギ・バートル軍は四分五裂してしまい、軍兵たちは地形の複雑な智異山中に逃げ込んだ。

いかに智異山が追手から身を隠すのに便利であろうと、アギ・バートル軍兵たちは、そもそも異国の地理に不案内だったからはじまらない。咸陽を取り返し南原を守った高麗軍の手で、次々と捕まえられた。

智異山中で右往左往するアギ・バートル軍兵のなかに、カラスもいた。熊野にいた頃からの舟指たちとは擦れ違うように別れていった。立ち話のようなものだ。彼らが捕まったときに、その口から高麗方に知られるのを恐れて、自身の身の振り方については何も言わず相手にも訊かなかったカラスだが、奈留久と出会ったさいは、少し立ち入った話をした。

「奈留殿、慶尚道の北岸で他の松浦衆が活動しとるそうです。其方に合流されますか」

「分かりません」

奈留久は首を振る。その視線がカラスの抱いた防具に注がれているのを知って、面目なげにカラスは眼をふせた。

――御曹司を守るはずの防具を、けっきょく自分が逃げるときに使っちまった。これじゃ軽んじていた小松法印の方が、おれよりよほどマシじゃないか。

奈留久は敢えてアギ・バートルの最期には触れず、アギ・バートルに追いつけなかったカラスの不甲斐なさを責めることもしないで言った。

「わたしがいくさ場を引くとき、馬に載せられたままあたりを彷徨(さまよ)う法印殿の亡骸を見ました。きっといまごろは李成桂の手下たちによって、身ぐるみ剥がされているでしょう」

そして用のなくなった亡骸は、いくさ場で野ざらしになるだろう。

熊野へ連れ帰ってやる、と小松法印の亡骸に告げたのは、確かアギ・バートルだった。重く塞がれたカラスの心を、現実に引き戻す奈留久の声が聞こえた。

「此処からはどの方向へも出られます。ただしどの道も迷路のようです。もし逃げ道が分からないようなら、わたしと一緒に来ますか」

有難い申し出だったが、カラスは断った。おそらく奈留久は高麗方に投降するつもりだろう。それを裏切りと非難するつもりはない。だがいま奈留久に借りをつくれば、彼の子分にならざるを得なかった。子分となったカラスは、奈留久に従って投降することになるが、はたして高麗方がカラスを許すだろうか。

それに――。

とっくに高麗の鎧冑を脱ぎ捨てたカラスは、帯に仕込んだ真正の真珠に触れた。

「それじゃ、御無事で」

北の方角に立ち去ろうとした奈留久が、カラスを振り返って付け加えた。

「いま慶尚道を荒らしているとかいう松浦衆、たぶんわたしを歓迎しませんよ。同族ではありますが」

「そうかもしれませんね」

カラスはうなずいてみせた。言い訳がましかったが、奈留久は事実を述べたまでだ。奈留久は同族の松浦保よりもアギ・バートルの方を選んだ。いまさら同族のよしみで合流させてくれでは、あまりに虫がよすぎる。それに奈留久には、投降の切り札が二つあった。一つは大型ジャンクの造船法、いま一つは今も倭寇としての脅威が続く松浦党の内部情報だ。これらの切り札を使えば、同族のよしみとやらを活かすより（松浦党の内部情報を伝えれば、同族である松浦党を裏切る結果にもなる）、ずっと得だった。

道が分からず右往左往する者が多いなかで、しっかり見定めた道をたどる奈留久の後ろ姿を、カラスは見送る。

――変わり身の早い奴だな。

そう思っただけで、別に腹は立たない。もうアギ・バートルは、この世にいないのだ。アギ・バートルのいなくなった世で、新たな道を自力で探すしかなかった。

とはいえ奈留久のような切り札のないカラスには、新たな道の探しようもない。手をつかねて高麗兵の探索から逃げ回っているうちに、腹が減ってきた。困った、と空腹を抱えたカラスは、握り飯を携えた子ガラスと会った。

これはたまたま巡り会ったのではない。子ガラスが懸命に探していたから、出会えたのだ。子ガラスの渡してくれた握り飯を貪り食いながら、カラスはその話を聞いた。

「御曹司が御討死された上は、この国の外へ逃げるしかありません。だがこの智異山には敵の捕縛網が、がっちり布かれちまっている。迂闊に此処から出ようとすれば、必ず捕まっちまう。ならば、いっそのこと南原にもぐり込んじまったほうがいい」

「でも南原こそが敵の本場だろう」

握り飯を頬ばったカラスが、口をもぐもぐさせながら疑問を呈する。

「だからいいんですよ。あそこには李成桂の軍営が置かれているし、しかも内陸にあるので、国外脱出を試みる奴が来るところじゃない。みなそう思い込んでいます。でもね、南原は河川で海（東シナ海）に繋がっているんですよ。敵の裏をかくにはうってつけだ」

「そりゃそうだろうが、南原は敵の地元だ。海に通じる河川があることだって、地元の者なら知っているだろう。子ガラスが地元の者並みにその河川に通じているというなら話は別だが」

「南原はおれの地元じゃありません。でも地元が此処の奴なら、よく知っています。それも昨日今日の付き合いじゃない。おれたちの先祖が志賀島を守っていたときからの知り合いです。志賀島にいたおれたちの先祖に、軍船を高麗に建造させたモンゴルが攻めてくる、と内報してくれた者の孫です。以来、博多に住みついたおれたちとは、交易の縁が途絶えたことがありません」

子ガラスの言う交易とは、密貿易のことだ。密貿易に携わる者は、母国への帰属意識が薄く、彼らの暮らしを支えているのが異国人ならば、其方を重んじるという。

カラスが思い浮かべたのは、何度か情報をくれた才人たちだ。薄気味悪さを覚えた才人たちだったが、彼らの情報に嘘偽りはなく、彼らが母国よりも日本に味方しているのは明白だった。

「高麗人は先祖との縁を大事にするというからな」

カラスは子ガラスに同意してみせたものの、一抹の不安を覚えた。

国外脱出を手引きさせるには、大きな危険が伴うからだ。もし子ガラスたちの国外逃亡を幇助(ほうじょ)したと、高麗方に知られたなら、無事では済むまい。カラスはその点を危ぶんだのだが、いまは子ガラスの計画に乗るしかない。

子ガラスの睨んだ通り、南原に通じる山道の警備は薄かった。ときおり高麗兵の哨戒があったものの、それはおざなりの警備に過ぎず、ちょっと注意してやり過ごせば済む程度のものだった。

南原に通じる山道から高麗兵の姿が消えると、繁みに隠れていた子ガラスたち志賀島の熊野衆に混じったカラスが忍び出る。

「ずいぶんいい加減な警固だな」

後も振り返らずに歩き去った高麗兵の一団を見送って、カラスが腕組みする。カラスたちの潜んでいた繁みなど、ずいぶんあやしかったにもかかわらず、高麗兵たちは調べようともせずに行ってしまった。

「おれの言った通りでしょ」

そう応じた子ガラスは、むしろ得意げだ。子ガラスに続いて志賀島の熊野衆が、姿を現す。いつの間にか子ガラスが仲間たちの頭になったようで、カラスにも頼もしさが感じられた。

「兄者、前に壮子島に開いた田んぼのことを話したでしょ」

「ああ、そうか」

カラスは早合点して手を拍った。

「昨日くれた握り飯、あの田んぼで穫れた米だったのか」

「いや、違いますよ」

子ガラスは苦笑する。

「まだ収穫してません。でも、もうじきです。此処にいる連中と一緒に収穫しようと思っています。兄者も一緒にいかがですか」

「いいな」

不器用に苗が植えられた水田を思い出して、カラスは答える。

カラスと子ガラスの一行は、夜になるまで山中に潜んで機を待った。いかに高麗方の警備がおざなりであろうとも、白昼に大人数でのこのこと南原の街に入るわけにはいかない。陽が沈んだ頃を見計らい、軍営の動きに注意しながら忍び出たカラスと子ガラスは、闇に紛れるようにして、子ガラスたちと密貿易をしているという高麗人の宅をうかがった。

目指す宅は静まり返っており、あやしい点はない。その高麗人のもとへ交渉に赴く子ガラスへ、カラスが念を押す。

「その高麗人、子ガラスが今晩来ると知らんのだな」

「そうです。おれが来ることは知りません」

子ガラスはうなずき、うなずき返したカラスが注意を与えた。

「なら今晩中に船を出すなら安心だ。だが理由を付けて明日以降に引き延ばすようなら、ちょっと眉に唾を付けた方がいいぞ」

「分かりました」

素直に返事した子ガラスが付け加える。

「そいつを兄者に紹介しますよ。河を下る船を、兄者と一緒に用意させるというのはどうですか」

「ああ、そうしよう。ただし、そいつが今晩中に船を出すことに同意したなら」

そう言いながらもカラスの視線は、件の高麗人宅にあやしい人影がないかに向けられていた。件の高麗人宅の裏口から入った子ガラスは、すぐに宅の外で待つカラスのところへ戻ってきた。

「大丈夫ですよ。やつは承知しました」

すぐに子ガラスが戻ってきたのに一安心したカラスが、首尾を尋ねる。

「前金は渡したか」

「ええ。すぐに受け取りました。いま本人が来ます」

答えた子ガラスの後を追うように、件の高麗人がやって来た。暗くて目鼻立ちはよく見えなかったが、挙動に不審な点はない。

その高麗人は脱出の人数を子ガラスに対して、カラスには意味が取れない言葉で確認すると、今度はカラスに対して「櫓を漕ぎ慣れている者はいるか」と、カラスにも分かる言葉で尋ねてきた。

「おれがいる」

カラスが日本語で答えると、その高麗人は大きくうなずいて見せる。どうやら伝わったらしい。続いて、付いてこい、と身振りでカラスに合図する。カラスが子ガラスに目くばせして、二人が左右からその高麗人の予期せぬ動きに備えながら先に行かせる。

軍営が近づいたとき、カラスはその高麗人が軍営に駆け込まないかと緊張したが、その高麗人はどんどん軍営から遠ざかっていき、ようやく立ち止まったのは、軍営とは正反対の方角にある掘割(ほりわり)らしき所だった。

掘割らしき、というのは、あたりが暗く、人けもない場所だったからである。

「此処に我々の船を置いています」

その高麗人が、カラスにも分かる言葉で言った。

「我々の稼業をご存知であれば、こんな場所に船を置くのも御理解いただけると思います」

その説明を聞いたとき、すっかりカラスは警戒心を解いていた。掘割に隠されたその船は、河川にも外洋にも対応できる、櫓漕ぎが中心だが帆走も可能な、よく言えば融通が利く、悪く言えばどっちつかず、の船だった。

贅沢(ぜいたく)は言えないな、とカラスが櫓の動きを確かめようとしたとき、不意に背後から羽交い絞めにされた。振り返る間もなく捕縛され、船倉に放り込まれてしまった。

「高麗兵だ！」

　表で子ガラスの仲間が叫ぶ声が聞こえる。

「裏切りやがったな！」

　今度は子ガラスの声だ。声の次に本人が船倉に放り込まれてくるなか、カラスは帯に仕込んだアギ・バートルの真珠の無事を確かめていた。捕縛されたとき武器や金目の物は全て取り上げられていたが、高麗兵も紐みたいなカラスの帯までは調べなかったようだ。真珠の無事を確かめたカラスが、子ガラスに声をかける。

「子ガラス、けがはないか」

　船倉の中は暗かったが、声でカラスが先客だと知って、子ガラスは声のした方へ頭を下げた。

「兄者、済まない」

　子ガラスに詫びられたカラスは、「いや、おまえのせいじゃない」と答えて、暗い周囲を見回す。

「どうやら」と、カラスはつぶやいた。

「あの高麗人、南原攻防戦が終わったときから、子ガラスが来るのを予期して、軍営に通じていたらしい。でなけりゃ、こんな密貿易に使う船の隠し場所で、高麗兵が待ち伏せしているなんてことはありゃしない」

カラスが慨嘆している間にも、捕縛された志賀島の熊野衆が、次々と船倉に放り込まれてきた。

「兄者、どこへ連れていくつもりでしょう」

「分からん」

カラスは子ガラスに答える。

どこへ連れていくつもりかは分からないが、その先の運命は見当がついた。

十

アギ・バートルを討ち取ったとき、李成桂は足に負った傷の痛みも忘れて、会心の笑みを浮かべた。馳せ戻った李豆蘭が、歯を見せてあけすけに笑った。

「これで令公が龍袍を召される日も近い」

これで次に新たな王朝を立てるのは李成桂だ、という意味だ。李豆蘭は気を利かせたつもりかもしれないが、辛禑王や李仁任でなくとも、聞いた者なら誰でもその意味は取れる。

「軽はずみに申すな」

李豆蘭を窘めた李成桂が、つい先ほどまで激戦の巷だったいくさ場を見やった。アギ・バートルの亡骸は李成桂の命令に従って丁重に扱われていたが、真っ先に眼に入ったのは、手綱を取る者もいない軍馬の背で、操り人形のように首と手足をぶらぶらさせる小松法印の亡骸だった。

「なんだ、ありゃ？」

李成桂軍の女真兵たちは、いくさ場を彷徨う僧綱襟を付けた正装の亡骸を、しばらく遠巻きにしていたが、近寄った一人の女真兵が亡骸の脚をつかんで鞍から引きずり下ろすや、他の女真兵も殺到した。先んじた女真兵が金目の衣装を剥ぎ取る隙に、出遅れながらも抜け目のない者が、鞍を奪い、そして鞍を奪っている隙を衝いて、別の者が馬そのものを奪う。全てをむしり取られた小松法印の亡骸が、無造作に地べたへ投げ捨てられた。

顔色ひとつ変えずにその光景を眺めていた李成桂が、落ち着き払って李豆蘭に命じた。

「アギ・バートルの霊廟をつくれ。ただし倭風は一切排除せよ」

「御意」

「わしの父に劣らぬ霊廟を。理由は分かるな」

「御意」

畏まった李豆蘭を見て、李成桂は表情を緩めた。

「でかした」

ようやくねぎらわれた李豆蘭だったが、ふと思い出したことがある。

「令公、一つ、気になることが」

「なんだ」

「我らがアギ・バートルを討ち取ったとき、一人の近侍らしき倭奴が、アギ・バートルの手からなんぞ持ち去っていきました」

「それが何かそなたは知っているのか」

「存じませぬ。令公は？」

「わしも知らん。我らが知らぬということは、この国の誰も知らぬということだ。誰も知らぬということは、無かったことになる。無かったことを、わざわざ掘り返すには及ばん」

李成桂は乾いた口調で言い捨て、アギ・バートルの遺品の検分を行った。緋縅の鎧、黄金の鍬形を打った冑、黄金づくりの佩刀、その一々に重々しく拝礼し、アギ・バートルの亡骸、そして遺品を伴って開京へと凱旋していく。

北方からの侵攻を撃退した李成桂の名声は、倭寇と称されるアギ・バートルの南からの侵攻を防いだことで不動のものとなった。

李成桂の軍事力をもってすれば、いまの弱体化した高麗王朝など簡単に倒せる。

だが、しかし――。

李成桂は気を引締めざるを得ない。

四百年以上も続いた高麗王朝を倒すには、それなりの大義名分がいる。力に裏打ちされた大義名分が。人心を納得させることが、新たな王朝の安定につながるのだ。大義名分がない王朝は、僅かの弱味を見せただけで、大義名分を掲げた反対勢力に容易く倒されてしまう。

――どんな大義名分がいいか。

開京への道すがら李成桂は頭を絞る。ひとつ閃いた。四百年以上にわたって続く高麗王朝を倒す口実が、

――いまの王は王建（高麗の初代国王）の血を引いていないと、言いがかりを付ければいいんだ。

辛禑王は先代・恭愍王の子だったが、その出生には不審な点がいろいろとある。そこに付け入る隙があった。

自身の閃きに満足した李成桂は、凱旋に従う戦利品の棺を見やる。車夫に付き添われた棺に納められたアギ・バートルこそが、己れを国王の座へと導いてくれるのだ。

「頼んだぜ、倭寇の大将」

冗談めかした軽口を叩いて、ちょっと李成桂は顔をしかめた。アギ・バートル軍との戦闘で負った矢傷が痛んだのだ。

十一

高麗軍に捕縛されたカラスと子ガラスたち志賀島の熊野衆は、いずこともしれぬ場所に連行された。窓のない船倉に閉じ込められて連行されたため、どこへ着いたのかも分からなかった。

すでに夜だったが、近くで潮騒が聞こえたので、海の傍なのだろう。カラスたちは光の届かぬ船倉に押し込められて連行されたが、引き出された浜辺らしき場所がすでに暗かったことを考えると、一昼夜くらい船に乗せられていたらしい。

浜辺から少し入った場所に竹柵が結い回され、所々に焚かれた松明が、並んだ木の柱を照らし出していた。

後ろ手に縄を掛けられたカラスたちが、一人一人並んだ柱に括り付けられていく。

此処が彼らの処刑場だった。

志賀島の熊野衆から順番に縛られていき、最後がカラス、その隣が子ガラスだった。カラスが最後だったのは、おそらく高麗軍がカラスを倭奴の頭目と踏んだからであろう。子ガラスがその隣だったのは、カラスの補佐だと思われたからか。

夜であるにもかかわらず、見物人たちが大勢集まってきて、竹柵に鈴なりとなった。みな捕虜たちが処刑されるのを、今か今かと待ち構えている。

突然に見物人たちから歓声と拍手が湧き、短刀を片手に処刑人たちが竹柵の中に入ってきた。いずれも市井の者のようで、軍人らしき者は一人もいない。どうやら処刑人は倭寇に肉親を殺された者らしく、高麗軍は仇討を見物させる趣向のようだ。

処刑を任された高麗人たちが、うれしくてたまらない、といった風情で、竹柵の内に勇んで入ってくる。彼らの手にした短刀が松明の光を跳ね返して眼を射、彼らの両眼が同じく松明の光を浴びて殺気にぎらつく。

彼らが口々にわめいた。

「倭奴（ヴエノム）、倭奴（ヴエノム）」

何と言ったのか、カラスにも分かる。その言葉だけは覚えてしまった。

処刑人たちは端から順に縛り付けた「倭奴」を短刀で刺し殺していく。なぶり殺してやろうとした処刑人が、処刑相手の首筋を切ったとたん、血が噴出して「倭奴」がこと切れてしまったのを残念がる。別の処刑人が楽しげにその処刑人をなぐさめ、次の「倭奴」の腹を短刀で抉った。苦悶に顔をゆがめた「倭奴」を指さして嗤い合い、竹柵に鈴なりとなった見物人たちからも歓声が湧いた。

カラスと子ガラスの順番も迫ってくる。子ガラスがカラスにささやいた。

「兄者、すみません。こんなことに巻き込んじまって」

「いや、子ガラスのせいじゃない」

カラスは縛られたまま、かぶりを振ってみせた。少し間を置いて付け加える。

「もし子ガラスが見つけてくれなければ、おれは智異山で敵の残党狩りに捕まっていただろう」

そう答えてカラスは天を仰ぐ。暗い空は禍々しいばかりだ。

——どっちにしたって同じ運命だ。

カラスは大勢の高麗人を殺し、かどわかしてきた。此処でこんな目に遭うのも自業自得だ。傍らに縛られた子ガラスを盗み見る。

――子ガラスだって同じだ。

声に出さずにつぶやいた。

カラスと子ガラスの順番がやって来る。二人を殺す権利を与えられた処刑人にどんな経緯があるのか知らないが、格別の事情があったらしく、その処刑人の表情は誇らしげですらあった。若い男かと見れば、意外にも初老に達していた。

処刑人がゆっくり子ガラスのもとへ歩み寄る。順番通り子ガラスから処刑するらしい。カラスは眼をつぶった。悼んでいるのが、子ガラスの運命なのか、自身に迫った死なのか、分からなかった。

子ガラスが刺される瞬間を、カラスは見ていなかった。刺された子ガラスのうめき声を聞いただけだ。子ガラスは見届けてほしかったのかもしれない。

――おれはだめな兄貴分だ。

子ガラスのうめき声から逃れようと身をよじったときだ。後ろ手に柱に括りつけられていたはずの両手が、柱から外れて自由となった。いぶかしげに後ろ手の両手を離してみたところ、緩んだ縄目が抜け落ちていった。

縄がほどかれていたのだ。

驚いてカラスは、周囲を見回す。背後の暗がりに、ちらと女の顔が見えた。まだだ、と言われた気がして、カラスは縛られたままのふりをする。隣で子ガラスを処刑した初老の高麗人が、けたたましく笑いながら、こちらにごま塩頭の背後を向けた。縛ってあった柱の陰から、背中を誰かの指先で突かれた。

合図だ。

子ガラスを殺した初老の高麗人は、こちらに背中を向けたまま、けたたましく笑いながら子ガラスの亡骸を蹴っている。

背後から手を引かれた。カラスはなすがままだった。手を引いてくれた相手を見やる。三十くらいの女だ。

知らない女だった。

——待てよ。

アギ・バートルの命令で壮子島の他に大型ジャンクを碇泊させられる場所を探して、群山群島を漕ぎまわっていたときだ。見知らぬ女が舟を漕ぐのを見かけた。すぐに島陰に隠れてしまったが、一瞬だけ眼が合ったその女に似ている。あのときカラスは、水賊かもしれない、と警戒して、すぐに引き返したのだ。

手を引かれて暗い道を進むカラスは、確かめようと、その女に尋ねてみた。だが女にはカラスの言葉が通じなかったらしい。ちょっと立ち止まってカラスの顔を見たが、またすぐにカラスの手を引いて暗い道を導いていく。

手を引かれながら、カラスは何度も女の横顔をうかがった。

引かれた手に体温は感じられたが、何の感情も読み取れなかった。ただただカラスの手を引いて暗い夜道を導いていく。潮騒の響きから、波打ち際が近いと分かった。ようやく気づいた。夜空に朧月が出ていることに。

入り江になった砂浜に、一艘の舟が繋がれていた。朧月に照らされた、その舟を女が黙って指さす。続いて西の方向を指さした。其方の方角へ行け、というように。

カラスは夢中で乗り込んだ。初めて乗る舟だが、まるで熊野川で漕いでいた舟のように乗りやすい。櫓を握ったところ、しっくりときた。

カラスが女に深々と一礼する。

なぜ助けてくれたかも分からず、名前も知らぬ、言葉さえ通じない、二度と会うことのない、命の恩人に向かって――。

カラスを見送る女に、いま一度頭を下げる。だが女の視線が向けられていたのは、カラスではなかった。遠くを見つめて向けられていたのは、自身が指さした西の方角に広がる夜空だった。

早く行け、と言われた気がして、カラスが櫓を握る。沖へ漕ぎ去る間際に、はっとして帯に触れる。

無事だった。アギ・バートルの真珠は。波間に女の姿を見た。最後まで分からなかった。

女の指さした方角に漕いでいく。底の丸い小舟だったが、波が静かなせいか、難渋も危険もない。熊野川を漕ぐよりも楽だった。

夜の海を、カラスはひたすら漕ぎ続けた。あの女が示した方へ。どのくらいの時間を漕ぎ続けたのか自身でも分からなかったが、ふと気づけば夜が白々と明けていた。

夜が明けた頃、見覚えのある島影が見えてきた。

「群山群島だ」

櫓を漕ぐカラスの唇が刻む。とすると、昨晩いたのは鎮浦のあたりか。

間もなくして陽がのぼってきた。壮子島に漕ぎ寄せようとして、カラスは大きな船影を見上げた。

大型ジャンクだった。置き去られたように碇泊している。

アギ・バートルの命令で、群山群島に戻された大型ジャンクだ。アギ・バートルは大型ジャンクが二隻いると話していた。

一隻は制海権を握るため、群山湾に築く船城の中心として。だがいま一隻は、はたして何のために使おうとしたのだろう。

いま一隻を迂回させ晋州を衝かせようとしたのだろうか。

晋州は全羅道にないため（晋州の所在地は慶尚道）、盲点となっている。だが此処を取れば、李成桂軍の背後に回り込めるのだ。南原攻防戦の結果も違っていたかもしれない。

だが晋州を取るには泗川に上陸しなければならず、大型ジャンクならば、敵に気づかれやすい沿岸部ではなく、もっと沖合を迂回して強襲上陸できよう。だが泗川を奪えても、その先の晋州を取るには、その外堀となっている南江が厄介だ。南江に足止めされては、南原攻防戦に間に合わなくなってしまう。

――晋州を奇襲するためではないのかもしれない。

櫓を握ったカラスは首をひねった。いま一つ解けない謎がある。アギ・バートルが最期に遺した言葉だ。こえてゆけ、とアギ・バートルは遺言した。何を「こえてゆけ」なのだろう。懸命にカラスは頭を絞ったが、やがてあきらめの吐息を漏らす。

――下人のおれに御曹司が分かるはずがない。

カラスの小舟が、大型ジャンクの足元に入り、急にあたりが翳（かげ）った。カラスが大型ジャンクを見上げる。

眩かった。

のぼってくる朝日を浴びて、大型ジャンクは眩かった。

救いの無い眩さだった。

十二

アギ・バートルが李成桂に討ち取られたあとも「倭寇」は続いた。日本にいられなくなったあぶれ者たちが、朝鮮半島に流れ込む構造が変わらなかったからだ。この現象を「前期倭寇」と呼ぶそうだが、関係各所をうろつく当事者たちの知ったことではない。

彼らの尋ね先の一つが博多だったが、その博多の街の雑踏に、熊野から乗り込んできたクマの姿があった。しかも熊野山伏の扮装をしている。そんなクマを四辻の陰から、ひそかにうかがっていた者がいた。

カラスだ。

「おい」と声をかける。あたりを憚る小声だった。なぜカラスがあたりを憚っているのか察したクマが、雑踏に紛れたカラスがそこにいるのに気づかぬふりで、カラスにだけ届く声で応じる。

「おれの宿所に行こう」

カラスは周囲を警戒しながら、クマの後に付いてきた。聖福寺の脇門をくぐり、にぎやかな本堂の反対側にクマの宿所があった。

クマは庵室を借り切っており、他に人影はない。庵室で二人きりになると、カラスは少し安心したのか、クマと向き合って腰を下ろした。

「鄭夢周が来日して九州探題（今川了俊）と人返しの約定を結びやがった」

開口一番にカラスが吐き捨てた。

倭寇が誘拐した高麗人を、母国へ送り返す約定だ。鄭夢周が来日した機をとらえて、今川了俊が高麗人の返還事業を打ち出したのは、高麗国との国交正常化を狙ってのことだ。九州探題として博多を押さえた今川了俊は、莫大な貿易利権を手中に収めようと図ったのだろう。

「九州探題に本朝から叩きだされたおれたちは、おかげで今度はお上に逆らうお尋ね者になっちまったよ」

かつて高麗人を誘拐して身代金を取っていたカラスが、冗談めかして言った。

「弟分は元気か」

クマが尋ねる。

「子ガラスは死んだよ」

「そうか」

クマはうなずいた。別に驚くことではない。子ガラスの名がクマの口から出て、カラスに子ガラスが育んだ田んぼを思い出させる。手入れする者とて絶えたその田んぼは、打ち棄てられて背の高い雑草が生い繁り、どこが田んぼだったのかも分からなくなっていた。

クマには子ガラスの田んぼのことを言わなかったが、カラスは懐からアギ・バートルの真珠を、重々しく取り出す。だが螺鈿の箱はすでになく、ありあわせの粗末な布から、真正の真珠が転がり出てきた。

「これは御曹司の御形見だ。熊野に届けてほしい。おれが熊野には帰れないことは、クマもよく知っているだろう」

「なぜ、おれを信用できるんだ。これは」とクマが、剥き出しになった真正の真珠を手のひらに載せる。

「けっこうな値が張る品だぜ。持ち逃げしたって不思議じゃない」

「クマが熊野山伏(やまぶし)の恰好をしているのを見て決めたんだ。クマに託して大丈夫だと。九州から大勢の熊野参詣客を狙ったクマの商売がうまくいっているから、銭と手間を費やし九州くんだりまで来て、そんな恰好をしているんだろう。クマは女に照準を合わせていると聞いた。その熊野山伏の恰好、いかにも女が喜びそうな宣伝じゃないか。商売がうまくいっているクマは、その商売を成り立たせている熊野に必ず帰る。商売を軌道に乗せるには信用が第一だ。となれば、どうしてこの真珠の御形見をネコババできようか」

「御明察だ」

「調子がいいだけの奴かと思っていたのに、なかなかやるじゃねぇか」

「ありがとよ、褒めてくれて――と言いたいところだが、褒められるのはカラスの方だな」

ぎくり、とカラスが首をすくめる。何を言われているのか分からないと、とぼけようとしてカラスは黙り込んだ。全て見抜かれていると悟ったカラスへ、いつになく重い口ぶりでクマが質した。

「カラス、なぜ博多に来た」

やはりカラスは黙っている。そのカラスに、クマは手のひらに置いた真珠を示した。

「これを売りに来たんだろ、博多へ」

「そうだよ」

カラスは力なく答えた。

「対馬や壱岐で売れば足がつく。でも博多ならば、その恐れもない」

「そうだ」

観念したようにカラスは白状する。

「おれは明日の銭にも困って、それなる御形見を売るため、この博多に来た。だが故買屋に行く前にクマに出会って気が変わったんだ。やはり大切な御形見は熊野へ届けなくちゃいけない、とな。クマの言う通り、その改心、とやらはきっと褒められるだろうぜ」

アギ・バートルの真珠を売らなかったカラスの明日は倭寇だ。だがクマは気づかぬふりをした。それがクマにできる唯一の餞だった。だからクマは急に手を打って話題を変えた。

「そういえばあの陳彦祥だがな、あれの読み方、分かったか」

面食らったカラスだったが、クマがレケオの陳彦祥を出した理由を早合点する。しかしクマはもうカラスを問い詰めようとはしなかった。

「チェン・イェン・シィアンとか読むんだそうだ。なんだか舌を嚙みそうだよな」

クマの口調は軽かったが、カラスの顔つきはあくまで重苦しかった。

「おれたちの知っている陳彦祥な、あいつは死んだぞ。なんでも商売仇に殺されたんだそうだ。身代金をふんだくれる高麗人をさらってくるようけしかけたのは、あいつだからな。九州探題と鄭夢周の約定のおかげで、ぼろ儲けができなくなったあのアコギ野郎、今度は九州探題に自分を売り込みやがった。高麗人を滞りなく送り返せるのは自分だ、と。その代わりに高麗貿易の分け前を要求したそうだ。何とも厚かましい野郎だが、博多の利権に首を突っ込んだのが運の尽き、だったな」

「そうか」

受け流そうとするクマへ、カラスが教えた。

「でも、二人目の陳彦祥が出てきたんだ。同じ名乗りの別人さ。襲名したのかもしれんな」

「なんだって！」

初めてクマの顔が、びっくりして変わる。情報通のクマも、二代目の陳彦祥の出現は初耳だった。

「クマの睨んだ通り、最初におれはあのレケオに真珠を売ろうとしたんだ。陳彦祥に会いたいと伝えたところ、出てきたのが、おれたちの知っている陳彦祥じゃなかった。まったくの別人さ。それで事情を尋ねたところ、そいつはすました顔で、わたしが二代目の陳彦祥です、とぬかしやがる。でもそいつは初代と違って、陳彦祥の読み方を知っていたよ」

「明国の皇帝から頂戴したとかいう印綬をひけらかすんじゃなかったのか」

「そうだよ。二代目の方は、ちゃんと名乗ったよ。チェン・イェン・シィアンと。レケオだからチャイナの口真似は得意かもしれんが」

「そういえばカラスと一緒にレケオに行ったな」

カラスがレケオの蒸留酒で、ひどい目に遭ったことを思い出した。

「高麗の酒はどんなだった？」

クマが尋ねたところ、平凡な問いであったにもかかわらず、カラスは虚を衝かれた顔をした。

「高麗にいたときは、酒のことなど考えもしなかった」

そう答えたカラスの心によみがえったのは、李成桂と戦う前に摂った食事だ。

――あれが御曹司の最期の食事だった。

その姿は、気が付けば、カラスの心に焼き付いている。アギ・バートルは最期の食事も上品に摂った。箸を糞握りにして飯をかきこむカラスとは違う。

——そういや、あの箸。

高麗に渡ると、箸が木から鉄に変わった。味気ないと文句を垂れたカラスだったが、アギ・バートルの上品さは、鉄の箸でも変わらなかった。

「それじゃ、御形見のこと、頼んだぜ」

真珠を置いて立ち去ろうとしたカラスの後をクマが追う。

「熊野に持ち帰ることは引き受けた。誰に渡せばいいんだ」

「決まっているよ」

カラスが振り返る。

「御袋様さ。御曹司の」

「立田御前か」

初めてその名を出したクマに向かって、そうだ、とカラスは首を縦に振った。

終章　水平線

クマが立田御前にアギ・バートルの真珠を渡したのが、紀伊国だったのか志摩国だったのか伊勢国だったのか――いずれの国の海辺だったのか、これを託したカラスも知らない。

熊野での観光商売を軌道に乗せつつあるクマが、紀伊半島に巡らした情報網を使って、ようやく立田御前の居所を探し出したようだ。

だから真珠を携えたクマが立田御前を訪ねたとき、彼女に仕える侍女たちは警戒して、クマを立田御前に会わせまいとした。

その鼻白むほどの警戒ぶりが変わったのは、クマがアギ・バートルの真珠を届けに来たと、ようやく来意を通じたときだ。

侍女の頭らしい年増が、打って変わった丁重な態度でクマに告げる。

「非礼の段、伏してお赦(ゆる)しをたまわりたく。ただいま御方様は水際を御散策なれば、すぐに切り上げてこちらに戻られるとの御言付け。恐れ入りますが、しばらくお待ちくださいますよう」

仰々しく茶菓でもてなされそうだったため、クマは腰を浮かせ、これを辞退して言った。

「ならば、それがしが御散策の水際まで参りましょう」

恐縮する侍女の案内で、クマは立田御前が散策しているという海辺に向かう。クマが訪ねたのは、まだ日が高い刻限だったが、手間取っている間に、日が傾き夕刻が近くなっていた。

立田御前のもとへ向かう中途で、侍女がクマにそっと漏らした。

「いよいよ御方様が尼寺に入られます」

それは熊野源氏の断絶を意味した。それに口出しする権利は、むろんクマにはない。だが敢えてクマは問うた。

「入寺のこと、御方様の御心なのですか」

すると尋ねられた侍女は、顎が胸に付くほどにきっぱりとうなずいてみせた。

「そうなのです。御方様みずから、そう仰せになられました」

「ならば周りがとやかく申すべきではありますまい」

クマは答え、それきりクマも侍女も黙り込む。二人は潮騒の聞こえるなか、夕陽に長くなった影とともに先を急ぐ。

数名の侍女にかしずかれた立田御前は、波打ち際の近くでクマを待っていた。このとき初めて立田御前を見たクマは、意外な思いに立ち尽くす。

小柄な人だった。齢は三十を超えているはずだが、ずっと若く見えた。アギ・バートルの母親のはずだったが、子どもを産んでいるとは思えなかった。

さすがに冒し難い気品があり、やって来たクマは、一礼されると何倍にも大げさに礼を返してしまう。付き添いの侍女にうながされ、クマは真正の真珠を立田御前に返上した。カラスから渡されたとき、それは粗末な布に包まれていたが、クマの手で上等の色革に変えられていた。

熊野に帰ってきた御形見を胸に抱いた立田御前が、クマに尋ねる。

「これを届けるよう、そなたに頼んでくれた若者は無事なのですか」

「はい」と返事したクマが、曖昧な顔つきに変わる。少し迷ったが、思い切って付け加えた。しかし声に出すと、歯切れが悪くなってしまう。

「これなる御形見をそれがしに託した時点では無事にございました」

口ごもったクマの答えを聞いて、

「そうですか」と答えた立田御前は、全てを察したようだ。

博多でのカラスを、クマは思い出す。真珠を託したあと、カラスはクマに言ったのだ。子ガラスの仇を討つ、と。子ガラスを殺した奴の顔は、はっきり覚えている。奴の喉を掻き切ってやる、と。

あのときのカラスの顔つきは、死神に取り憑かれたようだった。

――いまも生きているのだろうか、カラスは。

遠い水平線を見やったクマへ、立田御前が呼びかけた。

「ならばその若者のために祈りましょう」

寄せる波を踏むように、立田御前が波打ち際に歩み寄った。遠い水平線に向かって手を合わせる。従う侍女たちが立田御前に倣って手を合わせた。手を合わせようとしたクマの脳裏に、まだ熊野にいた頃に見たカラスが浮かぶ。南蛮餅を手にしたカラスの眼ざしは、遠い水平線に向けられていた。水平線の先にあったのは、博多で会ったカラスだった。

――現世はどこまで行っても現世だ。

本当に補陀落信仰が必要だったのは、それを徹底的に揶揄していたカラスだったのかもしれない。いや、はたしてカラスだけであろうか。

クマが立田御前の神々しい後ろ姿を仰ぐ。クマは手を合わせた。
燃えるような夕陽が、水平線を真っ赤に染めながら沈んでいった。

（完）

◎本作は書き下ろしです。
◎本作はフィクションです。
◎現代的な感覚では不適切と感じられる表現を使用している箇所がありますが、時代背景を尊重し、当時の表現および名称を本文中に用いていることをご了承ください。

髙橋直樹（たかはし・なおき）

1960年東京生まれ。92年「尼子悲話」で第72回オール讀物新人賞を受賞。95年「異形の寵児」で第114回直木賞候補。97年『鎌倉擾乱』で中山義秀文学賞受賞。『軍師　黒田官兵衛』『五代友厚　蒼海を越えた異端児』『直虎　乱世に咲いた紅き花』『駿風の人』『北条義時 我、鎌倉にて天運を待つ』（いずれも小社刊）など著書多数。

倭寇 わが天地は外海にあり

潮文庫　た－11

2024年　2月5日　初版発行

著　　者　髙橋直樹
発 行 者　南 晋三
発 行 所　株式会社潮出版社
〒102-8110
東京都千代田区一番町6　一番町SQUARE
電　　話　03-3230-0781（編集）
03-3230-0741（営業）
振替口座　00150-5-61090
印刷・製本　株式会社暁印刷
デザイン　多田和博

ISBN978-4-267-02413-9 C0193